# DOUZE ANS, SEPT MOIS ET ONZE JOURS

## L'auteur

**Lorris Murail** est né le 9 juin 1951 au Havre. Il habite Paris. Critique, traducteur d'anglais et journaliste spécialisé en gastronomie, il écrit depuis l'âge de seize ans. Il a publié des textes aussi bien pour la jeunesse que pour les adultes. Il est l'auteur chez Pocket Jeunesse de la saga *Golem* qu'il a créée avec ses sœurs Marie-Aude et Elvire.

## Du même auteur, chez Pocket Jeunesse

*Ma chambre, mon lit, ma mère et moi...*
*Le voyage d'Ulysse*
*Les Cornes d'Ivoire, 1 : Petite sœur blanche*
*Les Cornes d'Ivoire, 2 : La Ballade du continent perdu*
*Les Cornes d'Ivoire, 3 : Celle qui lève le vent*

Avec Elvire et Marie-Aude Murail
*Golem*

# LORRIS MURAIL

# DOUZE ANS, SEPT MOIS ET ONZE JOURS

POCKET JEUNESSE
PKJ·

Loi n° 49 956 du 16 juillet 1949 sur les publications
destinées à la jeunesse : janvier 2015.

© 2015, éditions Pocket Jeunesse,
département d'Univers Poche, pour la présente édition.

ISBN : 978-2-266-25354-3

# PROLOGUE

Dans la vie d'un homme, il y a des années clés, des années qui servent de repères pour toujours. Pour les uns, ce sera l'année du mariage, pour d'autres celle du premier enfant. Si on l'avait interrogé, Jack Stephenson aurait choisi sans hésiter l'an 1995. Que s'était-il donc passé en 1995 ? Rien, au fond, de bien particulier, rien en tout cas qui fût de nature à affecter l'existence d'un homme de façon durable. Il se trouve simplement que Jack avait deux passions et que toutes deux étaient liées à cette année-là.

Le 6 septembre 1995, Jack est l'un des innombrables fans assis dans les travées du stade de Camden Yards, à Baltimore. Avec eux, il assiste à un moment qui marque à jamais l'histoire du base-ball. Cal Ripken Jr, son héros, Cal Ripken, « l'homme de fer », bat devant ses yeux un record qu'on croyait éternel et qui tenait depuis cinquante-six ans. Celui du plus grand nombre de matchs joués consécutivement : deux *mille six cent trente et un ! Ripken devait le porter finalement au nombre faramineux de deux mille six cent trente-deux... soit dix-sept ans sans un bobo ni un rhume, bref sans rater la moindre rencontre. Mais donc, ce jour-là, c'est celui du record. Au milieu de la partie, quand au terme de la cinquième manche elle est déclarée « officielle », la foule se lève et le jeu s'interrompt. La* standing ovation *dure vingt-deux minutes tandis que Ripken fait le tour du stade en frappant du poing la paume de ses admirateurs. Parmi les spectateurs enthousiastes figure le président Clinton.*

*La seconde passion de Jack, c'était sa voiture. Or, par hasard, sa Chevrolet Impala SS était sortie de l'usine en cette même année 1995. Confiée à un autre homme que Jack Stephenson, c'eût été une épave. Mais cette Impala du millésime 1995, Jack l'avait toujours bichonnée avec amour. Elle n'était pas flambant neuve, certes, mais elle faisait encore son effet. Jack aurait eu les moyens – et largement – de s'offrir une voiture plus récente, et pourquoi pas la nouvelle Impala SS ? Mais il n'avait que mépris pour ce modèle dernier cri aux formes molles. Une caisse de gonzesse, selon lui. Car c'est ainsi qu'il parlait parfois, tandis qu'il couvait des yeux les enjoliveurs en alu brossé de dix-sept pouces de sa somptueuse « bagnole musclée », dont certaines options n'étaient en principe accordées qu'aux véhicules de police. Et il est vrai qu'elle ne passait pas inaperçue, dans sa robe* dark cherry metallic, *soit d'une vibrante couleur rouge cerise métallisée.*

*1995, ce n'était pas très loin, pourtant Jack vous aurait dit que c'était le temps où les hommes étaient encore des hommes et les voitures des voitures.*

*Est-ce à cela qu'il songeait en traversant à vive allure les faubourgs de Baltimore à bord de sa Chevrolet Impala SS ? Son ticket à demi sorti de la poche de poitrine de sa parka, il se dirigeait vers Oriole Park, à Camden Yards. Un petit oiseau pelucheux noir et orange, la mascotte des Orioles, se balançait presque sous son nez, accroché au rétroviseur.*

*Jack avait à cet instant deux préoccupations. La première : parvenir à temps à la magnifique enceinte où se jouerait le match (19 h 05). La seconde : que le temps pourri qui régnait depuis quelques jours ne cause pas l'annulation de la rencontre. La pluie qui était tombée pendant près de quarante-huit heures avait cessé. Dans l'atmosphère rafraîchie, l'humidité s'était condensée en un océan de brume au sein duquel la Chevrolet tentait de se frayer un chemin.*

*Agrippé au volant gainé de cuir, il transperçait les paquets de brume. C'était comme les rouleaux d'écume que rejette la mer, vague après vague. L'interstate disparaissait dans ces méandres opaques puis revenait brusquement, sous l'éclairage orangeâtre des hauts réverbères à vapeur de sodium. L'aiguille du compteur s'inclinait de façon alarmante, au-delà des 80 miles à l'heure, plus, bien plus que la vitesse autorisée. En face c'était un torrent de lumières fugitives, d'yeux jaunes qui sortaient du néant, clignaient puis s'évanouissaient sous les nuées à ras du bitume. Quand la vue peine à distinguer les choses, l'oreille s'aiguise. Jack avait le sentiment d'un vacarme effrayant et continu, comme s'il croisait un train furieux, sans fin.*

*Il ne se faisait aucune illusion. Les Orioles n'étaient plus que l'ombre de l'équipe qui avait enchanté sa jeunesse. Il n'y aurait jamais qu'un Cal Ripken. Mais Jack Stephenson était un homme fidèle, dans certains domaines en tout cas. Il était un Oriole pour la vie tout comme il se sentait lié pour l'éternité à la Chevrolet Impala SS 1995. Ces choses-là ne se commandent pas.*

*Alors, malgré les conditions épouvantables, il roulait en plein bonheur. Le ronron du moteur, le billet en poche, il ne lui en fallait pas davantage. Et tant pis si, dans quelques heures, il devait assister à la défaite de son équipe face aux Twins du Minnesota.*

*Jack Stephenson traversait maintenant des faubourgs à la configuration imprécise, en quête de la highway qui lui permettrait d'achever son trajet. C'était un sentiment déroutant que d'errer dans un* paysage qu'il avait visité cent fois et de n'y rien reconnaître. Les bancs vagabonds de la brume modifiaient tout, noyaient les contours, effaçaient le temps.

Peut-être eut-il un moment de distraction, peut-être fut-il simplement attiré par un repère trompeur. Des signaux clignotants, qu'il prit pour ceux d'un véhicule placé sur sa file ? Les volutes impalpables de la houle blanche qui balayait les quatre voies sur toute leur largeur l'égarèrent soudain. Sans en avoir conscience, il dériva. Il s'engagea à pleine vitesse sur un plan incliné, une courte bretelle.

La Chevrolet mordit sur un terre-plein, une contre-allée. Les bâtiments lointains s'étaient dissous dans la brume et n'apparaissaient que comme des rangées de fenêtres éclairées. Rien ne l'alerta jusqu'au moment où il nota la soudaine éclipse de la cohorte qui venait en sens opposé. Voilà qu'il était seul dans le silence d'un monde cotonneux.

Il y eut un choc sourd, bref, violent, contre la portière opposée, une bouffée de lumière jetée par un trio de globes à la clarté maladive. Du coin de l'œil, Jack vit voler un objet plat, vision d'ivrogne, comme une fusée passant devant une lune triple. La grosse Impala fonçait sur un cube sombre, un buis taillé. Jack maudit ces horribles et colossales jardinières de béton qu'on mettait maintenant partout.

Jack n'eut que le temps de braquer pour éviter

l'obstacle. Il perçut un cahot sous ses roues, mal absorbé par les amortisseurs fatigués. Il sauta des bordures, des lisières de ciment, descendit une pente. Le hurlement d'une sirène lui fit bondir le cœur puis ce fut un déchaînement d'avertisseurs en colère tandis qu'il reprenait place dans sa file, sur la bonne voie. Tout cela n'avait duré qu'un instant. Une seconde de panique, un trou minuscule, puis il s'était glissé de nouveau dans le cours ordinaire des choses. Il respira à fond, ses muscles se détendirent, et l'incident se laissa emporter par les dernières nappes du brouillard.

À l'approche de Baltimore, le paysage s'éclaircissait. Dans le chaudron de la ville, l'air s'asséchait. L'ultime highway menait vers les parkings immenses de Camden Yards. L'horloge de bord lui indiqua qu'il lui resterait une vingtaine de minutes pour accéder au stade.

Jack tira à deux doigts le ticket qui dépassait toujours de la petite poche. Maintenant qu'il était arrivé, qu'il avait triomphé des brumes, que la Chevrolet était garée, il reprenait espoir. Ces Twins n'étaient pas si redoutables. On allait les avoir. Ce soir, il en était sûr, rien ne résisterait aux Orioles.

La portière claquée, comme pris d'un remords, il contourna la voiture et jeta un coup d'œil sur son flanc droit. Il avait quand même heurté quelque chose et il craignait de découvrir sur la tôle une bosse, au moins de sérieuses éraflures. Cette couleur dark cherry metallic, *on ne la voyait pas partout, la moindre retouche à faire causait problème et coûtait les yeux de la tête. Au premier regard, il fut rassuré. Aucune déformation, pas plus que des stries ou des rayures puis... il ne savait quoi. Il se baissa. Des traces boueuses, peut-être. De vilaines traînées. Sur la surface rouge cerise, tout apparaissait terne. C'était plus brun que rouge, cela partait sous l'ongle en écailles. Presque rien en vérité, mais Jack n'aima pas cela. Pas du tout.*

# WALDEN

# DOUZE ANS, SEPT MOIS
# ET TROIS JOURS

Lorsqu'on s'attend au pire, on ne peut être ni surpris ni déçu. Pourtant, Jack sentait des bouffées de colère lui monter au cerveau. Le gamin était nul, il s'en doutait, mais le spectacle auquel il assistait depuis vingt minutes lui montrait autre chose, qu'il lui était difficile de tolérer. Pour être nul à ce point, il fallait le faire exprès. Quand une balle filait dans sa direction, Walden levait à peine le bras. Quand il s'agissait de foncer d'une base à l'autre, il trottinait et semblait chercher son chemin. À présent, il marchait vers le marbre, tête baissée, traînant sa batte comme un forçat le boulet au bout de sa chaîne.

Voilà, c'était son tour. Walden feignit de prendre la pose, de bander ses muscles, concentré, prêt à frapper. Le lanceur ne se donna pas la

peine de feinter ni même de varier ses trajec-
toires. Trois fois, sa balle passa sous le nez du
garçon qui esquissa à peine un geste. Si, allez, sur
la troisième il tenta sa chance et fouetta l'air au
hasard. Probable qu'il avait fermé les yeux. Trois
balles, trente secondes, et Walden était éliminé.
Malheureusement, les autres n'avaient pas besoin
de lui pour poursuivre la partie. Jack avait encore
un bon moment à patienter.

Pour tuer le temps et calmer son irritation, Jack
observa ceux qui, comme lui, attendaient derrière la lice, en bordure du terrain. Des parents,
des hommes surtout. Certains s'excitaient, encou-
rageaient leur progéniture à grands cris, accla-
maient le coup sûr bien asséné ou la balle captée
d'une main ferme. Il y avait parmi les mômes
quelques gaillards qui savaient manier la batte.
Jack fuyait les regards de ces pères gonflés de
fierté. Il aurait eu trop peur qu'on ne lui dise :
« Et le vôtre, c'est lequel ? »

« Oui, celui-là, ce gringalet qui court les pieds
en dedans et qui a l'air de croire que sa batte est
un bâton de marche. »

Il exagérait. Walden n'était pas vraiment un
gringalet. Simplement, il se foutait du base-ball
comme de sa première casquette. Il ne montrait
pas plus d'enthousiasme sous un panier de basket
ou devant une patinoire. Walden n'aimait pas le

sport, pas l'effort physique. Même le tir l'ennuyait (un exercice où il n'était pourtant pas mauvais, quand il voulait). Il préférait ses livres, ses maquettes d'avions, ses pochettes de pâte à modeler. L'an passé encore, Jack l'avait surpris en train de jouer avec ses dinosaures en plastique. Eh bien, Walden allait devoir comprendre certaines choses, et vite !

Jack se demanda avec une soudaine inquiétude si son fils était de taille à affronter ce qu'il lui préparait. À vrai dire, il craignait bien de connaître la réponse. Mais il y avait longuement réfléchi. Sa solution présentait des inconvénients, certes, de sacrés inconvénients, mais elle comportait aussi un gros, un énorme avantage : Walden, il en était convaincu, sortirait grandi de l'épreuve. Si tout se passait bien, à la fin de l'histoire, Walden serait un homme.

Il lui suffit d'un regard pour perdre confiance. La partie enfin achevée, Walden se dirigeait vers le bâtiment plat situé au bout du terrain. La douche, les affaires à rassembler, encore des minutes perdues. Walden y allait en solitaire, égaré dans ses pensées, inconscient d'appartenir à une équipe.

— Eh bien, marmonna-t-il, puisque tu aimes la solitude, je crois que tu vas être servi.

Son sac sur l'épaule, la batte sous le bras, le gant pendu à sa ceinture, Walden ruisselait encore sous ses cheveux aplatis par l'eau brûlante. Il avait sur les lèvres un sourire incertain, prévenu depuis le matin que son père l'attendrait après le match mais ignorant ce qui lui valait cet honneur.

— Tu es fier de toi ? lui demanda Jack.

— Ça va.

— Vraiment ?

— On a gagné. Enfin, je crois.

— Tu pourrais au moins savoir compter. Par là.

— Où on va ?

— Surprise...

La Chevrolet était garée de travers au pied d'un arbre. Walden jeta son sac sur la banquette arrière et prit place sur le siège au côté de son père.

— On ne rentre pas à la maison ?

— Non.

Walden chercha à deviner, trouva tout de suite.

— Tu m'emmènes au pigeonnier ?

Des diverses hypothèses qui lui avaient traversé l'esprit, Walden avait choisi celle qui l'ennuyait le moins. Les passions de Jack Stephenson lui étaient connues, peu nombreuses et guère

séduisantes à son goût. Alors, plutôt le pigeonnier qu'une virée au stand de tir ou deux heures
dans un fauteuil du Landmark's Harbor East
Cinema. L'an passé, par sa faute, son père n'avait
pu assister à la séance de *G.I. Joe : Retaliation*.
Walden n'avait alors que onze ans, deux de
moins que l'âge requis pour assister à ce bain de
sang. Jack ne lui en avait pas voulu autant qu'il
l'avait craint. Il n'appréciait pas plus que ça ces
nanars modernes (même Bruce Willis le laissait
de marbre). Fidèle à l'Impala SS, fidèle aux
Orioles, Stephenson père l'était aussi à un cinéma
aujourd'hui révolu. Il aimait John Wayne en
Stetson, bref les vieux films de cow-boys, la cava-
lerie, les massacres d'Indiens et les paysages
rocailleux. Par-dessus tout, il aimait le son et la
fumée de la poudre.

— Non, pas aujourd'hui.

— Pas au pigeonnier ?

— Je te dis que non.

Pas la peine de rêver. Jack ne le conduisait ni
à la bibliothèque Enoch Pratt ni au Cylburn
Arboretum, à ses jardins et à ses collections d'histoire naturelle. D'ailleurs, il ne prenait pas la
direction de la ville.

— Où, alors ? On va voir quelqu'un ?

Maman ? Non, pas maman.

— Habitue-toi à ne pas poser de questions,

Walden. Bientôt, il n'y aura plus personne pour te répondre.

— Pourquoi ? Pourquoi tu ne veux pas me répondre ?

— Parce que ça ne va pas tarder à me fatiguer. Nous avons plusieurs heures de route.

Walden n'avait pas un sens aigu de l'orientation mais il connaissait suffisamment sa ville natale pour savoir que la Chevrolet avait mis le cap au nord. Plusieurs heures au nord ?

— Tu rigoles. C'est le Canada, là-haut.

— On s'arrêtera avant.

Avant, il y avait toutes sortes d'États. La Pennsylvanie, le Vermont, par exemple. Ou alors...

— On ne va pas à New York ?

Ça, ç'aurait été excitant.

— Beaucoup plus loin que ça.

— Mais on reste aux États-Unis ?

— Oui.

— Je donne ma langue au chat.

— Ce n'est pas une devinette.

Jack accéléra, collé au cuir du dossier. Comme d'habitude, il conduisait trop vite. La conversation, pour l'instant, était terminée.

Walden tenta de s'intéresser à ce qu'il voyait par les vitres de la Chevrolet mais il n'y avait rien d'autre à contempler que des flots de voitures et des rubans de macadam gris. Alors, il sortit d'une poche le mini Rubik's Cube accroché à son porte-clés. Au bout d'un moment, Jack, que le cliquetis agaçait, demanda :

— Ça va durer longtemps, ton truc ?

Walden sourit.

— Il paraît qu'il y a plus de quarante milliards de milliards de combinaisons.

— Sérieux ? Et tu as l'intention de les essayer toutes ?

— Faudrait que je vive cent fois plus longtemps que l'Univers depuis le Big Bang, répliqua Walden. Pour avoir le temps.

Jack réfléchit un moment. Ce gamin n'était pas doué pour grand-chose mais il avait des côtés qui l'épataient. Seulement, *a priori*, ces côtés-là ne lui seraient d'aucune utilité, là où ils allaient. Ni plus tard. Enfin, on ne savait jamais.

— Essaie de terminer avant le Big Crunch, mon vieux, parce que je commence à avoir les oreilles qui bourdonnent.

— Voilà. J'ai réussi.

— Génial ! Quand même, je ne pensais pas que l'Univers allait nous lâcher aussi rapidement.

Walden tordit ses petits cubes dans tous les sens d'un coup de poignet rapide mais renonça à entamer une nouvelle partie.

— Le problème, bougonna-t-il, c'est que ta route a aussi l'air de durer des milliards de milliards de miles.

— On va s'arrêter, annonça Jack.

Rien de fascinant en vue. Une courte bretelle, une aire de stationnement et une baraque jaunâtre à toit de tôle ondulée, bardée de distributeurs : boissons, cigarettes, friandises.

— Vas-y, dit Jack, prends tout ce qui te plaît. Lésine pas. Bourre-toi de sucre.

Il avait pêché une poignée de pièces de monnaie dans la poche de sa parka. Debout, sans s'éloigner de la Chevrolet, il attendit que Walden ait terminé ses emplettes : des barres, des sachets, une boîte de soda à l'orange. Il l'encourageait du geste, le regard fixé sur le soleil qui enflait dans le fond du ciel.

— Nous avons de la chance, le beau temps devrait se maintenir. L'été indien, fils.

Pour une mi-octobre, il régnait en effet une douceur surprenante.

— Où on est, papa ?

— Entre ici et là.

— Non mais, sans blague ?

— Eh bien, je suppose que nous roulons depuis quelques miles dans l'État du Maine.

Walden s'était rassis à sa place et entreprenait

de déchirer l'emballage d'une barre de céréales à la pomme.

— Qu'est-ce qu'il y a, dans le Maine ?

— Autant que je me souvienne, des forêts, des homards, des vampires et des sorcières.

— Et là où on va ?

— Ni vampires ni sorcières, j'espère.

— Je suis partant pour les homards, papa.

— Les homards, c'est quand on s'approche de la mer. Et les homards ne manquent pas à Baltimore, je crois.

Ils roulèrent pendant encore près de deux heures et rien ne laissait présager l'approche de la mer. Jack ralentit brusquement et se gara contre un talus, sur le bord d'une route plus petite. Il avait quelque chose dans la main, un bandeau noir.

— Tourne-toi. Bouge pas comme ça.

— Qu'est-ce que tu fais ? C'est quoi ce délire ?

— Bouge pas, je te dis.

Jack avait placé le bandeau sur les yeux de son fils. Maintenant, il s'apprêtait à le nouer.

— Mais t'es dingue !

D'une taloche, Jack enfonça la tête du garçon dans ses épaules.

La voiture avançait de nouveau et Walden ne voyait plus rien. Il avait envie de lever les mains, ne serait-ce que pour tamponner le bandeau derrière lequel il sentait s'étaler des larmes, mais chaque fois qu'il bougeait son père émettait un raclement de gorge dissuasif.

— Qu'est-ce qu'il y a de spécial dans le Maine ? Pourquoi tu veux pas que je voie ? Qu'est-ce que j'ai fait, papa ?

— Arrête de renifler, Walden, tu me dégoûtes.

— Mais pourquoi ?

— Et arrête de poser des questions. Tu ignores à peu près autant de choses qu'il existe de combinaisons sur cette petite saloperie de cube.

Walden se tint coi pendant une ou deux minutes avant de retenter encore une fois sa chance.

— Quoi, par exemple ? Qu'est-ce que j'ignore ?

— Tu ne sais rien. Si tu étais un âne, il faudrait qu'on t'apprenne pourquoi tu t'appelles Martin.

Voilà qui laissa Walden songeur un long moment. C'était un garçon méthodique, qui aimait les sciences et la logique. Il commença donc par se demander pour quelle raison on baptisait les ânes Martin. Ensuite, il se dit que son père n'avait peut-être pas prononcé cette phrase par hasard. Et il chercha à comprendre ce qu'elle pouvait signifier dans son esprit. Était-ce une allusion à...

— Papa ?

— Hon ?

— Pourquoi je m'appelle comme ça ? Walden.

Aveuglé comme il l'était, Walden ne pouvait voir l'expression de son père. Mais il entendit ce claquement de doigts familier par lequel Jack Stephenson manifestait en général son contentement. Et si l'on considérait qu'il lui avait fallu pour ça lâcher le volant (d'une main en tout cas)...

— Ne te fais pas plus bête que tu n'es, dit la voix de Jack. Je présume que tu es parfaitement au courant.

— C'est à cause du bouquin, non ?

— Ah ! Tu vois...

— Tu m'as toujours dit qu'il n'était pas intéressant pour un enfant de mon âge.

— Eh bien, peut-être que le moment est venu. Serre les dents, maintenant, ça va secouer un peu.

La Chevrolet Impala SS était encore pimpante et son moteur tournait rond mais, malgré divers séjours au garage, elle présentait depuis longtemps une faiblesse au niveau des amortisseurs et de la suspension. Walden n'en fut pas moins surpris par la violence des tressautements.

— Hé ! On roule dans les champs ?

— Concentre-toi, Walden. Essaie de comprendre ce que tu éprouves.

— Ben c'est comme t'as dit, ça secoue. Est-ce que je peux enlever le bandeau, maintenant ?

— Pas encore. Et à part ça, à part que ça sautille un brin ?

Walden étouffa un cri. Il venait de faire un petit bond sur son siège.

— Je trouve qu'il fait plus froid, dit-il. Est-ce qu'on arrive bientôt au Canada ?

— Bonne observation, mauvaise conclusion. D'ailleurs, je t'ai déjà répondu, à propos du Canada.

— Il fait nuit ?

Walden n'en pouvait plus. Ses mains allaient arracher ce bandeau noir, rien ne les en empêcherait. Il fallait qu'il le fasse, quitte à encourir les foudres paternelles.

— Le jour baisse mais ce n'est pas ce que tu sens.

Le garçon perçut près de son oreille le son caractéristique de la vitre qui descendait. Une bouffée d'air frais lui parvint, humide et odorante. C'était...

— On dirait de l'herbe mouillée.

— Tu brûles. Attention !

La Chevrolet cahota. Jack roulait désormais au ralenti et Walden percevait la vigueur de ses efforts quand il braquait. Le parcours avait tout d'un gymkhana.

— Papa, j'ai mal au cœur.

— Contrôle-toi, Walden.

Maintenant, Walden avait l'impression de traverser un tunnel dans un train fantôme. La lourde voiture était ballottée, montait et descendait. Parfois, un choc l'ébranlait. Tout cela dans un bruit incessant, crissements, craquements. Et le noir, un noir angoissant s'était fait. Pendant longtemps, Walden avait perçu la lumière malgré le bandeau. Cette clarté avait disparu.

— C'est la nuit, gémit-il. Il fait nuit.

— J'aurais aimé qu'on arrive plus tôt, répondit Jack. C'est ce satané match qui n'en finissait pas. Vu comme tu t'y es distingué, on aurait pu abréger, je crois.

— Papa, je t'en prie.

— D'accord. Enlève-le.

Walden cligna des yeux. Même sans le bandeau, il n'y voyait guère. Son père roulait tous phares éteints dans la pénombre d'une forêt assombrie par la fuite du jour et, parmi les grands arbres, suivait une piste défoncée parsemée de pierres, de branches mortes, de nids-de-poule, que barrait même çà et là un torrent boueux.

— Est-ce qu'on est perdus ?

Le garçon eut le sentiment d'avoir proféré une énormité. Dans son esprit, Jack était comme les pigeons qu'il élevait en compagnie de Chen, ce

drôle de type taciturne qui se prétendait mi-
indien, mi-chinois. Jack, pensait-il, ne pouvait pas
se perdre, Jack avait une boussole à la place du
cerveau.

— La forêt ne couvre que quatre-vingts pour
cent de l'État du Maine, répondit Jack. Pourquoi
aurais-je un problème ?

— Qu'est-ce qu'on fait là, papa ?

Sa voix chevrotait, il s'en voulut un peu. Par
chance, l'Impala sautait comme un cabri, enfin
comme l'antilope à laquelle elle devait son nom,
et il n'en fallait pas plus pour faire s'entrechoquer
ses molaires. L'apparence était sauve.

— Est-ce que tu ne t'y retrouverais pas mieux
en mettant les phares ?

Le moteur gronda, ils escaladaient une butte.
Ensuite, il y avait une futaie serrée de pins blancs
dont les sommets se dissolvaient dans une mare
d'encre. À tout instant, Walden s'attendait à un
choc fatal. Il songea aux enfants des contes, qu'on
conduisait au cœur des forêts profondes pour les
y égarer. Jack prononça une phrase dont il ne put
percer le sens :

— Si nous arrivons à nous perdre nous-mêmes,
que dire des autres ?

Mais bientôt, il ajouta :

— Ça va, j'ai mes repères.

— J'aimerais bien comprendre comment tu te débrouilles pour voir quelque chose.

— Et ça ! triompha Jack.

Walden écarquilla les yeux. Apparemment, l'interminable randonnée touchait à sa fin. Jack arrêta la Chevrolet à la sortie d'un sentier envahi par les branches basses. On devinait là une clairière et, au milieu, une cabane.

— Je t'avais promis un trois-étoiles, pas vrai ? Prends tes affaires.

Jack lui-même extirpa une lampe torche du fouillis qui encombrait la boîte à gants puis il se baissa pour ramasser quelque chose sous son siège. Walden vit que c'était une carabine.

Ils marchèrent en silence jusqu'à la cabane de rondins non écorcés, énormes en bas, moins massifs sous les éclisses qui composaient le toit. Jack balaya le petit édifice d'un faisceau de lumière avant de soulever un loquet et de pousser du pied la porte que rien ne verrouillait. Il donna sa torche à Walden.

— Éclaire-moi et regarde bien. Il faut que tu apprennes au moins ça. C'est la base.

La cheminée, dont l'âtre était dominé par un haut cône de bois noirci, occupait près d'un quart de la superficie. Une marmite barbouillée de suie était suspendue au-dessus d'un épais tapis de cendres. Jack fit basculer le couvercle d'un coffre énorme et y préleva des bûches qu'il disposa comme les piquets d'une tente, à gestes lents, pour que Walden observe et enregistre la méthode. Dressées, appuyées les unes contre les autres. Il suffit alors d'une poignée de brindilles, d'une boule de papier, d'une allumette.

— Éteins-moi ça. Économise les piles.

Une minute plus tard, la flambée donnait une belle clarté dans la cabane. Tout y était de bois, le plancher luisant d'usure, les deux tabourets, le plateau de la table collé contre une paroi et qu'il fallait rabattre. Il n'y avait presque rien.

Jack était ressorti. Il revint avec une bonbonne d'eau et un sac où s'empilaient quelques boîtes. Il avait mis sur son crâne le vieux Stetson qu'il affectionnait, son chapeau de cow-boy. La carabine était posée contre un mur, la crosse sur le sol.

— Il faut l'ouvrir avant, hein, sinon ça explose.

Il déposa la boîte entrouverte dans le fond de la marmite après y avoir versé quelques centimètres d'eau. Walden le regardait faire avec stupeur. Il gardait sa batte de base-ball serrée contre sa poitrine et claquait des dents, comme s'il n'avait pas quitté la voiture.

Jack fouillait le coffre qui comportait plusieurs compartiments. Il dénicha ce qu'il cherchait, deux cuillers en fer-blanc.

— Ça ne te dérange pas qu'on mange directement dans la boîte, tous les deux ?

Walden aurait voulu lui assurer que non, bien sûr que non, mais il n'avait pu réprimer la petite grimace dégoûtée.

— D'accord. Attends.

Jack retourna au coffre et y trouva cette fois deux écuelles en écorce de bouleau. Le regard de Walden ne l'avait pas suivi. Il contemplait le lit, un matelas fin, guère plus qu'une natte, et une couverture sur une planche de bois, poussé dans un recoin, à gauche de la cheminée, presque sous l'unique fenêtre. Il préférait encore partager la boîte à la cuiller.

— Tu te demandes pourquoi on est là, pas vrai ? Et pourquoi pas plutôt là.

— Où ?

— Là !

Stephenson se baissa pour ramasser la parka qu'il avait jetée par terre, au pied de son tabouret. Il n'avait pas quitté son Stetson pour manger, s'était contenté de l'incliner un peu vers l'arrière. Le livre était enfoui dans une des grandes poches, corné, défraîchi, marqué en guise de signets par une gerbe de bandes de papier étroites. *Walden*.

— Maintenant, ça s'appelle juste *Walden*, dit Jack. Le premier titre, c'était *Walden ou la Vie dans les bois*. C'était mieux, je trouve.

Et l'auteur se nommait Henry David Thoreau, Walden savait tout cela. Thoreau était un peu la fée qui s'était penchée sur son berceau pour tracer un signe sur le front du nouveau-né. À part ça, Thoreau était une sorte de philosophe, mort depuis un siècle et demi.

— Si tu l'ignores, Walden est un nom de lieu. Plus précisément celui d'un étang. Thoreau s'est installé près de cet étang, il y a construit une cabane et est resté là pendant deux ans. Maintenant, je vais t'expliquer pourquoi nous sommes ici, dans cette clairière, et pas là-bas, près de l'étang. Aujourd'hui, la cabane de Thoreau est tout juste bonne pour orner des dépliants publicitaires. Touristiques, si tu préfères. Un lieu de pèlerinage, si on veut. Tout le contraire d'un coin tranquille. Baraques à frites, sorbets, sodas et compagnie.

Walden éprouva le besoin de dire quelque chose.

— Est-ce que sa cabane ressemblait à celle-là ?

— Il l'a bâtie de ses mains. Thoreau considérait que chaque homme doit être capable de fabriquer sa propre maison. Il pensait que c'était plus important que d'étudier dans les universités, par exemple. Mais il n'était ni bûcheron, ni maçon, ni architecte. Sa bicoque fuyait de partout. Il a dû s'y geler les miches, si tu veux mon avis. Mais il s'en foutait. Ce type-là était capable de rester des heures allongé sur la glace de l'étang pour observer les bulles d'air. C'était un sage.

— D'accord.

Puis Walden voulut plaisanter.

— On ne va pas rester ici pendant deux ans, si ?

— Ça ferait de toi un homme. Il serait grand temps, tu ne crois pas ? Qu'est-ce qu'il faut pour être un homme, fils ?

Walden connaissait la réponse par cœur. Il la déclina d'un ton docile :

— Savoir tirer, conduire, danser, nager, avoir embrassé une fille, avoir claqué un home run...

— T'en es où ?

— Je sais tirer. Et nager. Pas trop mal.

Walden fut sur le point de frimer un peu. Son père l'avait surpris plus d'une fois en train de causer par-dessus le muret avec Gemma, la fille des voisins. Comment pouvait-il savoir s'il ne l'avait jamais embrassée ? Il évita. Jack était susceptible de lui demander de décrire ses impressions. Et ça, Walden ne s'en sentait pas capable.

— Je n'ai que douze ans, protesta-t-il d'une voix qu'il aurait voulu moins plaintive. Je n'ai pas le droit de conduire.

— T'as oublié quelque chose. Avoir pris une

muflée. On n'est pas un homme tant qu'on n'a pas pris une bonne muflée.

— Tu m'as toujours interdit de boire.

— Je te donnerai le signal. Quand j'aurai l'impression que tu commences à devenir un homme, j'apporterai moi-même la bouteille. D'ailleurs, tu n'as pas douze ans.

— Ben si.

— Apprends à être précis. Quel âge as-tu ?

Walden leva les yeux au ciel, pour signifier qu'il jugeait ce jeu idiot.

— C'est ma faute, convint Jack. Moi le premier, je me suis montré imprécis. Vois-tu, Thoreau n'est pas resté dans sa cabane pendant deux ans mais pendant deux ans, deux mois et deux jours. Quel âge as-tu ?

— Mais douze ans !

— Douze ans, sept mois et trois jours. Jeudi de la semaine prochaine, tu auras douze ans, sept mois et onze jours. Crois-moi, c'est important. Plus qu'important.

— Je ne vois pas ce que ça change.

— Tout. Si tu connaissais le base-ball, tu comprendrais ces choses-là. Un centimètre à droite ou à gauche et, parfois, ça change tout. Mais tu ne t'intéresses qu'à tes maquettes en balsa et à tes dinosaures en plastique.

— Mes maquettes, c'est au millimètre près, pas au centimètre, riposta Walden.

— Douze ans, sept mois et onze jours, Walden. Grave ça dans ta tête. Douze ans. Sept mois. Onze jours.

Tous deux plongèrent en silence leur cuiller en fer-blanc dans l'écuelle d'écorce. Jack avait réparti équitablement le contenu de la boîte, où se mêlaient dans une sauce à la tomate haricots blancs et morceaux de saucisse. La pâtée était encore compacte, à peine tiédie par le passage au bain-marie. Sans cesse, le regard de Walden s'en retournait vers la couche trop étroite, contre le mur de rondins, près de la grosse cheminée conique.

— C'est ça qui t'inquiète ?

— Il n'y a pas la place pour deux, papa.

— En se serrant, non ?

— Même...

— Qu'est-ce que tu veux, qu'on tire au sort ?

— Tu ronfles, en plus, bougonna Walden. Et avec les haricots...

— Quoi ?

— Rien.

Jack avala un bout de saucisse froide. Il se tenait à sa façon habituelle, un peu voûté, une épaule plus haute que l'autre. Toute la lumière était pour lui, elle lui sculptait le visage et donnait par moments un aspect inquiétant à ses yeux ombrés par le Stetson. Walden, lui, tournait le dos à la flambée.

— Tu te biles pour rien. Le lit est à toi. Tout est à toi, ici.

Jack se baissa pour ramasser un second petit livre, posé sur sa parka. Celui-là, Walden n'avait pas vu d'où il l'avait tiré. Dépité, il constata que l'auteur était le même. Thoreau. L'ouvrage s'intitulait *Les Forêts du Maine*.

— Il est resté combien de temps, cette fois ? demanda Walden.

— Il s'agit d'une expédition. Il te sera utile car cela se situe beaucoup plus près de l'endroit où nous sommes que l'étang de Walden. Je pense que la nature a gardé son caractère sauvage, par ici. Il y a sûrement autour de nous des arbres qui existaient déjà du temps de Thoreau.

— Tu crois qu'il y a encore des dinosaures ?

— Je compte sur toi pour me l'apprendre. C'est toi le spécialiste, après tout.

Jack s'était levé en renversant son tabouret. La boîte de haricots à la saucisse avait donné tout ce qu'elle pouvait offrir.

— J'ai encore des choses à sortir de la voiture, annonça-t-il.

Il fit deux voyages et revint chaque fois les bras chargés, rapportant par exemple un rouleau de corde, un couteau de chasse et un paquet mystérieux que couvrait un grand chiffon. Il continua aussi d'explorer le coffre, qu'il appelait « la caverne d'Ali Baba » mais qui ne contenait pourtant pas grand-chose de passionnant (une hache, une bible, de la vaisselle...).

— Hé ! Du fil de pêche. Voilà une belle trouvaille.

— On en a oublié un ! s'exclama Walden. Pêcher un brochet de trois livres.

Savoir tirer, nager, danser, conduire, avoir embrassé une fille, etc. ET avoir pêché un brochet de trois livres.

— Korrect ! confirma Jack en prenant l'accent allemand comme à chaque fois qu'il disait « correct ».

En dehors des westerns, Jack Stephenson aimait les films où les petits gars du pays embarquaient à destination de l'Europe pour casser la gueule aux nazis.

— On s'installe pour longtemps ? demanda Walden.

— Le lac n'est pas très loin, un demi-mile au nord, pas plus. Et le brochet n'y manque pas. Rien ne manque quand on sait s'y prendre. Regarde.

Stephenson avait griffonné un plan sur une feuille de papier à carreaux. Ils se serrèrent l'un contre l'autre pour examiner les lignes sommaires, leurs nez se touchèrent presque. Les bûches montées en tipi s'étaient effondrées et il ne courait plus sur les braises que des flammes basses qui donnaient peu de lumière.

— Là, la clairière avec la cabane, et là, le lac. Il en existe toute une série. Des lacs, des étangs, des rapides, des rivières. C'est comme une chaîne interminable. Plus loin, les montagnes. Sinon, de la forêt. Maintenant, observe bien ce trait. C'est la limite.

— La limite de quoi ?

— La tienne. Celle qu'il ne faudra pas dépasser, jamais, sous aucun prétexte. Quoi qu'il arrive, tu ne devras pas la franchir. Jamais. Nous sommes d'accord ?

Jack l'avait tracée au hasard mais il ne le précisa pas.

— Qu'est-ce qu'il y a de si terrible de l'autre côté ?

— De l'autre côté ? Eh bien... rien, je suppose. C'est ton territoire et tu ne dois pas en sortir, voilà tout. Si tu étais moins nul au base-ball, tu saurais ce qu'est une base et d'être sauf.

— Ça va, je sais.

— Tant que tu te trouves à l'intérieur de ton territoire, tu es sauf, je veux dire en sécurité. Et je veux que tu restes en sécurité.

Pour la première fois depuis des heures, Jack Stephenson se laissa aller et dit d'un ton presque sentimental :

— Ce que je fais là, c'est pour toi, pour que tu sois sauf. Il faudra rester à l'écart des étrangers, hein Walden, voilà qui est important, très important.

Et Jack poussa les écuelles pour vider sur le plateau rabattu de la table une boîte de cartouches. Il les tria du bout du doigt, les compta.

— Douze pour toi, douze pour moi, ça me paraît honnête, dit-il en remettant les siennes dans la boîte.

— Est-ce qu'on va tuer quelqu'un, papa ? Je plaisante. C'est pour la chasse.

Walden comprenait enfin. Jack avait décidé de l'initier à la chasse. Un truc d'homme, assurément.

— Et tuer un homme, gloussa-t-il.

— Quoi ?

— Je t'ai entendu dire ça, un jour. Qu'on n'était pas un homme tant qu'on n'avait pas tué quelqu'un. Est-ce que t'as tué quelqu'un, toi ?

Jack sursauta.

— Tu as dû rêver ou alors j'étais bourré. Si jamais tu m'entends répéter une connerie pareille, Walden, fais-moi le plaisir de me rappeler qu'on ne rigole pas avec ces choses-là.

— Si tu veux.

— Il ne faut se servir de cette carabine que si on ne peut pas l'éviter. Il y a des cas où on ne peut pas l'éviter.

Jack s'était éloigné pour jeter un coup d'œil sur son portable. Walden le vit tapoter sur les touches. Il s'y prenait toujours comme un manche car il s'acharnait à se servir de ses pouces, qu'il avait beaucoup trop larges. Son père cherchait peut-être à apprendre le résultat du jour des Orioles. Walden interpréta sa moue comme un signe défavorable. Il se moquait éperdument de l'équipe de Baltimore, il lui était parfois arrivé de se réjouir en secret d'une défaite des héros de la cité, mais il savait aussi que chaque revers avait toujours été suivi d'une soirée pénible à la maison. Quand les Orioles subissaient une raclée, Walden s'attendait à en prendre une lui-même à un moment ou à un autre.

Comme par miracle, alors qu'il pensait aux Orioles, qui doivent leur nom à un petit passe-reau orange et noir, il entendit une sorte de pépie-ment d'oiseau, ou plutôt un roucoulement (donc, rien à voir avec le sifflement flûté de l'oriole). Son regard tomba sur le paquet enrobé de chiffon et dont la forme évoquait celle d'une cage.

— Oui, dit Jack, il faut que je te donne des consignes à ce sujet.

Il déballa le paquet et Walden eut la satisfaction de constater qu'il avait deviné juste. C'était une cage et, dedans, il y avait un pigeon.

— Tu te souviens de ce que nous avons fait avec Chen le mois dernier ?

— La bague ?

— Korrect ! Eh bien, peux-tu me dire ce que tu as appris ?

— Que le nom et l'adresse du propriétaire doivent y figurer.

— Quoi d'autre ?

— Qu'un bon voyageur peut parcourir 600 miles en une journée pour retourner à son pigeonnier.

— Par n'importe quelles conditions ?

— Non. Il faut le lâcher dans une zone dégagée, par beau temps, pour qu'il puisse s'orienter grâce au soleil.

— Et pourquoi est-il si pressé de rentrer ?

— Parce que sa femme l'attend.

Jack éclata de rire.

— Il a bien de la chance.

Cela faisait plus de deux ans que Lisbeth, la mère de Walden, n'avait pas reparu au foyer des Stephenson. L'enfant avait mis des mois à chasser de ses cauchemars la voix de Jack hurlant dans la chambre contiguë lors des terribles disputes qui avaient précédé la séparation. Lisbeth, à ce qu'il

en savait, vivait désormais avec un pseudo-
diplomate péruvien. Loin.

— Tu saurais le faire, mon garçon ? Tu saurais
lâcher ce pigeon dans les conditions adéquates ?

— Je crois.

— Mais, le principal, c'est le message, n'est-ce
pas ?

Jack posa sur la table une pochette de papier à
cigarettes.

— Chen t'a montré comment procéder.

— Il dit que le mieux est de coller le colombogramme sous une aile ou sous la queue. C'est
mieux qu'à la patte.

— Tu te souviens du mot, c'est bien. Tu aimes
les mots, Walden. Mais rappelle-toi aussi qu'un
colombogramme n'est pas un roman. Et ce
pigeon n'est qu'un fusil à un coup, en quelque
sorte. Bref, le message doit être bref et il ne faut
lâcher le pigeon qu'en cas d'urgence, d'extrême
urgence.

— Je croyais que c'était pour gagner des
concours.

— Oublie les concours. Nous ne sommes pas
en train de parler colombophilie mais de ta situation.

Walden hocha la tête puis demanda :

— Qu'est-ce que c'est, ma situation, papa ?

— Eh bien, la situation de quelqu'un qui

pourrait se trouver dans un cas d'extrême urgence et qui n'aura qu'un seul pigeon à sa disposition. Si tu lâches notre messager, Chen recevra ton message quelques heures plus tard.

Walden jeta un regard circulaire dans la cabane de rondins, à la recherche de ce qui aurait pu lui échapper. D'une voix tremblante, il dit :

— Tu veux dire que je pourrais me perdre ? Me perdre dans la forêt ? Je préfère qu'on chasse ensemble, papa.

— N'en demande pas trop à ce pigeon. Si tu te perds en forêt, il n'ira pas te chercher.

Il faisait maintenant presque nuit dans la cabane et cette image d'une errance dans la forêt obscure n'était pas difficile à évoquer. Jack sortit du coffre une lampe et une bouteille de pétrole qu'il brandit triomphalement comme s'il venait de les repérer à l'instant (il avait, en fait, gardé la trouvaille en réserve).

— Tu es verni. Tu vas pouvoir t'éclairer. Toi qui as une peur bleue du noir.

Jack parlait par petites phrases qu'il détachait les unes des autres comme si chacune recelait une information capitale.

— Il va falloir gérer. Il n'y a pas de quoi illuminer Vegas pendant des siècles.

Stephenson examina de nouveau son portable

avant de déclarer d'un ton d'une effrayante neutralité :

— Je vais te laisser, à présent. J'espère que tu vas t'en sortir comme un chef.

— Me laisser ? Qu'est-ce que ça veut dire, me laisser ?

— J'ai à faire.

— Quoi ? Longtemps ?

L'espace d'une seconde, Walden perçut le trouble de son père.

— Le temps que tu deviennes un homme. Dès que ce sera fait, passe-moi un petit coup de fil et j'accours.

— J'ai pas de portable.

— Comment ? Qu'en as-tu donc fait ?

Jack le savait fort bien. Walden s'était fait piquer son modeste Nokia l'année précédente. Racketter plutôt. Une brute aux dents pourries, qui portait sur le haut du crâne une crête bleuâtre. À la fin de l'engueulade, son père ne l'avait frappé qu'une fois mais ç'avait sûrement été le coup le plus violent jamais administré par Jack Stephenson à Walden Stephenson. Comble de malheur, la scène se situait juste après la mémorable branlée reçue par les Orioles face aux L.A. Angels (11-2). Ce soir-là, enfin calmé, Jack lui avait expliqué que l'oriole noir et orange, la mascotte de l'équipe, était un mâle. De plus petite taille, l'oriole femelle n'avait pas de capuchon noir.

« Toi non plus, lui avait-il dit, tu n'as pas de capuchon noir et, ma foi, j'ai bien peur que, depuis le retrait de Cal Ripken, notre équipe ne soit plus qu'une bande de gonzesses. »

— Il n'y a pas de réseau, de toute façon. Loin de tout, à l'abri de tout.

— Je veux bien dormir avec toi, tu sais, papa. On se serrera. Ça ne m'ennuie pas du tout. Ou même par terre. Ça m'est égal.

Mais Jack avait ouvert les bras. Il n'embrassa pas son fils mais l'étreignit avec vigueur avant de lui donner une petite tape sur la joue. Walden ne se souvenait, en toute son existence, que d'une manifestation semblable, lorsqu'à l'âge de huit ans il était parti pour cinq jours avec sa classe, pour une randonnée éducative dans les Appalaches.

— Tu me fais une blague, gémit-il.

— Tu seras bien, ici. N'oublie pas : tant que tu restes à proximité de ta base, tu es sauf. Personne ne peut t'éliminer. Personne.

Jack avait prononcé ces derniers mots d'une drôle de voix. Parfois, Walden se demandait si son père ne considérait pas le base-ball comme la vraie vie, et le reste comme un jeu futile aux règles indéchiffrables (les gens normaux, les gens comme Walden, estimaient que le base-ball était un jeu absurde dont personne n'avait jamais vraiment réussi à comprendre les tenants et aboutissants).

Le regard de Walden fit une fois encore le tour de la cabane. Il vit le pigeon, le lit étroit, la marmite noire, la boîte de conserve vide, le papier à cigarettes sur la table, la Remington toujours posée contre la paroi de rondins (était-il possible que son père l'abandonne avec une carabine ?).

— C'est plein de petits trous par terre, dit-il.

— Tu trouveras la réponse chez Ali Baba, sur la droite au milieu des gamelles.

Jack s'arrêta près de la porte. Avant de sortir, il lui montra que le loquet intérieur pouvait faire office de verrou. Mais Walden, malgré sa terreur naissante (les ténèbres, la forêt, les animaux sauvages, la solitude) ne se précipita pas pour le fermer. Il croyait encore que son père lui faisait une mauvaise blague ou sans doute s'était mis en tête de lui infliger une leçon. Il regretta même de n'avoir pas frappé le moindre coup sûr – si loin, il y avait si longtemps, un peu plus tôt ce matin-là –, de n'avoir pas au moins essayé. Après tout, il s'en supposait capable. N'importe quel crétin en était capable. La plupart des joueurs de base-ball étaient de parfaits crétins.

Pour chasser de ses oreilles les bruits

monstrueux qui lui parvenaient, la portière qui claquait, le moteur de l'Impala SS rouge cerise qui démarrait, il plongea les deux bras dans le coffre et chercha ce qu'Ali Baba avait mis au milieu des gamelles. C'était des bottes. Walden les prit, les compara à ses pieds, vit qu'elles étaient trop grandes de plusieurs pointures, les retourna et découvrit sous les semelles de petits clous, pareils à des crampons. Devinant qu'il avait été précédé dans la cabane par des gens chaussés de telles bottes, lesquelles avaient criblé le plancher de cette multitude de trous minuscules, il estima avoir triomphé de la première des épreuves auxquelles son père avait décidé de le soumettre. Il se récompensa en baptisant pompeusement l'affaire : « L'énigme du plancher percé » (résolue par Walden).

# DOUZE ANS, SEPT MOIS ET QUATRE JOURS

**W**alden passa les minutes suivantes assis sur un tabouret. Ses oreilles étaient à l'écoute mais il se gardait bien de diriger son regard vers la porte. La porte allait se rouvrir, son père allait revenir, il enterrait dans un grand éclat de rire, c'était certain. Cependant, certaines choses ne se produisent pas quand on les guette. Vous pouvez rester toute une vie planté devant la casserole, jamais vous ne verrez l'eau bouillir, encore moins le lait. D'un autre côté, vous pouvez être sûr que si vous tournez le dos, le lait ne va pas tarder à déborder et à éteindre les flammes (avec l'eau, au moins, on ne risque rien). Walden savait donc que s'il scrutait la porte, s'il avait la faiblesse de la supplier de s'ouvrir, elle demeurerait close pour l'éternité, en supposant qu'il ait la patience de la contempler aussi longtemps. En revanche, s'il feignait de l'ignorer, ce qu'il espérait tant ne manquerait pas de se produire, et probablement au moment où il s'y attendrait le moins, au moment où il parviendrait enfin à penser à autre chose.

Voilà qui était le plus difficile. Penser à autre chose. D'autant que ses oreilles, elles, refusaient de se fermer. Ce que ses yeux ne voulaient pas savoir, ses oreilles le cherchaient désespérément dans le silence affreux de la cabane. En vérité, ce silence n'était pas complet. Les morceaux de bois que le feu n'avait pas encore réduits en cendres émettaient de temps à autre des craquements ou de brefs bouillonnements de sève. Les rondins qui composaient les murs semblaient eux-mêmes animés d'une vie propre et Walden avait parfois l'impression de percevoir leurs soupirs. Était-ce des soupirs d'aise, parce qu'ils ne se trouvaient pas dans la cheminée, ou de crainte, parce qu'ils redoutaient d'y finir, tels leurs frères stockés dans le coffre d'Ali Baba ? Walden l'ignorait. Enfin, il y avait des bruits d'origine incertaine, venus du dehors. Walden aurait aimé croire qu'il s'agissait des pas d'une paire de rangers sur un tapis de brindilles et de feuilles mortes. Mais, même quand il y croyait un peu, il ne se tournait pas vers la porte.

La clarté baissait de plus en plus dans la

cabane. Walden quitta enfin son siège, comme soudain tiré d'un demi-sommeil. Il avait entendu quelque chose, le roucoulement du pigeon. La petite bête appelait elle aussi un absent. Les pigeons sont sans arrêt amoureux. Voilà pourquoi on sait qu'ils iront droit au logis quand on les confie aux vents du ciel.

Le pétrole était rare mais rien ne lui interdisait de puiser dans la réserve de bûches. C'était une forêt entière qu'il avait à sa disposition. Quatre-vingts pour cent de l'État du Maine, avait dit son père. Voilà qui pouvait emplir un coffre ou une caverne d'Ali Baba dont il était difficile d'imaginer les dimensions. Walden aimait les calculs et les grands chiffres. Il aimait moins l'idée de se trouver au cœur de cette forêt, pourvu d'une hache. Inutile d'essayer de reconstituer le tipi. Il posa deux grosses bûches en croix sur le tapis de braises et, bientôt, la flambée repartit. Avec elle revint la lumière.

Le feu lui offrait une compagnie mais troublait ses sensations. Quelque chose venait de disparaître, quelque chose qui s'était insinué de façon progressive dans la cabane et dont il n'avait pas noté la présence jusqu'au moment de sa dissipation. Une autre source de lumière. La fenêtre. À présent, les vitres n'apportaient plus rien du dehors, pas même cette obscure clarté de la nuit en forêt : elles se teintaient des reflets fantomatiques noir et rouge du feu.

La fenêtre, décida Walden, c'était différent. Scruter le dehors par les vitres sales, voir si peut-être son père revenait, coller l'oreille au carreau, essayer d'entendre le ronron du ralenti ou cette petite toux qu'émettait le moteur avant de s'arrêter, mieux encore le crac-crac des grosses semelles sur le chemin semé d'aiguilles de pins et de rameaux morts... cela oui, il estimait pouvoir se l'autoriser. Son père n'allait pas rentrer par la fenêtre, si ?

La fenêtre n'était pas seulement sale, elle était habitée. Une nuée de bestioles s'y agglutinait : des moucherons, des papillons, mais surtout des moustiques et des simulies, des suceurs de sang. Le sentiment d'être *sauf*, de se trouver du bon côté des quatre carreaux de verre, ne le réconforta pas longtemps. Cette baraque de rondins n'était pas plus étanche que celle de Thoreau, il le sentait. Il y circulait des courants d'air désagréables. Il l'avait vu de l'extérieur, les interstices étaient souvent bouchés avec de la mousse, qui certainement avait séché, s'était rétractée. Si ces petits souffles frais pouvaient s'infiltrer dans la cabane, les moustiques finiraient par découvrir le chemin. Et pire encore, les simulies, qui leur ressemblaient mais qu'on disait beaucoup plus redoutables. Walden ne se souvenait plus d'où il tirait l'information mais il savait que des troupeaux entiers avaient péri de la morsure de ces saloperies, des troupeaux de *bœufs*. Elles transmettaient d'horribles maladies. Un peu plus tôt, en jetant un coup d'œil dans le livre, il avait constaté que Henry David Thoreau était mort vraiment jeune, à quarante-cinq ans. Il se demanda si cette disparition précoce avait un rapport avec les deux ans passés dans les bois (deux ans, deux mois et deux jours), et avec les simulies.

D'ailleurs, si son père revenait, il n'emprunterait pas ce chemin. La fenêtre ne donnait pas vers la piste qui les avait conduits à la clairière. Elle n'ouvrait sur rien d'autre qu'une sorte de néant. La forêt dans la nuit formait une masse compacte dans laquelle Walden voyait un abîme de ténèbres, que couronnait, très haut, un banc de nuages imbibé par la lumière ténue d'une lune invisible, telle une veilleuse dans une chambre nocturne.

Il resta planté là, interminablement, le dos tourné à la porte, dont il attendait encore, sans vouloir se l'avouer, le petit grincement. Chaque craquement du feu dans l'âtre, chaque gémissement du plancher sous ses pieds, lui faisait palpiter le cœur. Puis, de nouveau, une infime modification se produisit. Celle-ci ne concernait pas la cabane mais sa propre personne. Il ne perçut plus les sons de la même façon. Les craquements, les gémissements cessèrent d'éveiller le moindre espoir en lui. Ils attisèrent ses craintes. Ils n'annonçaient plus le retour de son père mais autre chose, il ne savait quoi exactement. Une présence dont il ne voulait pas.

Car, au cœur de la forêt, quand apparaît quelqu'un, en général, ce n'est pas votre père.

Plus que jamais, Walden redoutait de se retourner. Il était maintenant nez à nez – à trompe ? – avec les simulies et les moustiques, collé à la fenêtre. Il scrutait le néant, derrière le voile des ailes vibrionnantes. Or il lui arrivait de détecter une lueur et même une ombre dans les ombres. Il repoussa l'idée que ce puisse être son père, ricanant parmi les arbres du bon tour qu'il lui jouait. Jack Stephenson n'était pas fou à ce point. Le front contre la vitre, Walden sentait la fraîcheur nocturne. Elle montait des bois putréfiés, des fougères, des tapis de feuilles mortes et des flaques où pullulaient les larves d'insectes piqueurs-suceurs, lourde d'humidité. Il aurait vraiment fallu être cinglé pour passer la nuit dans cet environnement hostile, juste pour le plaisir d'une mauvaise blague.

Cela lui tomba dessus comme un coup de

masse. L'évidence de la chose lui scia les jambes. Il tituba jusqu'à la couche et s'y affala, la découvrant aussi dure et inconfortable qu'il l'avait présagé. Son père ne reviendrait pas. Puisqu'il ne pouvait être là, dans ce sous-bois humide et malveillant, il ne reviendrait pas. Et, s'il y avait dehors quelque chose ou quelqu'un, ce n'était pas lui.

Le haut cône de bois noirci de la cheminée lui réchauffait les pieds, c'était la première constatation consolante de la journée. Walden accueillit avec horreur les premiers assauts du sommeil tant il lui paraissait inconcevable de s'endormir dans cet endroit, sans savoir où il était ni pourquoi il s'y trouvait. Un crépitement un peu plus vif de la braise le fit bondir hors du lit. Sans doute s'était-il assoupi une seconde ou deux. Il eut en tout cas l'impression de s'éveiller soudain au milieu d'un théâtre d'ombres, incapable de reconnaître ce qui l'entourait au point d'en éprouver une sorte de vertige. Il se précipita vers la paroi opposée et s'empara de la carabine. Il la glissa près de lui, contre les rondins du mur, avant de se recoucher. C'était une Remington 700, tirant du .243 Winchester. Son père en possédait deux semblables et avait conservé l'autre. Oui, à ce qu'il avait compris, Jack avait quitté la maison muni de ses deux Remington. Une pour moi, une pour toi. Walden ne parvenait pas à imaginer pourquoi il avait fait une chose pareille. Puisqu'il ne s'agissait pas d'une partie de chasse.

Puis il se releva pour prendre les deux livres signés Thoreau, supposant que l'ennui d'une telle lecture allait le calmer et le mener vers un sommeil plus ou moins paisible (mais l'idée de sombrer dans l'inconscience persistait à l'épouvanter). Il ne fut pas déçu. Tout naturellement, il avait choisi pour commencer celui qui s'intitulait *Walden*. Le premier paragraphe était potable. Ensuite, il y avait une phrase longue et incompréhensible. Alors, Walden se contenta de feuilleter l'ouvrage, qu'ornait un portrait de l'auteur (il était vraiment très laid, ce qui expliquait sans doute pourquoi il s'était résolu à vivre caché). Thoreau ne parlait que de lui, de sa morne existence dans la nature sauvage. Il pouvait consacrer un chapitre entier aux bruits ou aux étangs et même, qu'on le croie si on veut, à la culture de son champ de haricots. Des haricots qu'il ne mangeait même pas. Thoreau les vendait ensuite au marché, ce qui, en passant, prouve bien qu'il ne vivait pas réellement en solitaire. Pour ce rude travail de un an, il avait dégagé un bénéfice ridicule de 8 $ 71 ½ (il donnait tous les détails). Apparemment, l'illustre penseur partageait avec le moins illustre Jack Stephenson la passion des chiffres précis !

Walden s'endormit enfin, le livre sous un bras. Dans ses rêves, le jeune Walden se trouvait sur le marbre, une batte de base-ball à la main, et n'esquissait pas le moindre geste quand le lanceur expédiait la balle en direction du receveur (ce qui prouve que les rêves disent parfois la stricte vérité). La suite fut plus significative, la suite fut comme une révélation. En plein sommeil, Walden comprit que sa vie, certainement, s'était jouée là. Qu'il lui aurait suffi d'un mouvement d'épaules énergique, d'une frappe bien nette pour que ce qui n'était plus un rêve mais bien un cauchemar ne se soit pas produit. En n'essayant pas de frapper cette balle, il avait commis une erreur fatale. Et, maintenant, il la payait.

Quand il rouvrit les yeux, une expression lui vint spontanément à l'esprit, qu'il avait entendue parfois de la bouche de son père : « entre chien et loup ». Il s'agita, sortit une jambe de la couche où il avait dormi tout habillé – sauf ses chaussures, qu'il voyait là sur le plancher mais ne se souvenait pas d'avoir ôtées. Puis, comme ses idées se remettaient en place, il rectifia : « entre loup et chien ». Ce n'était pas la fin du jour mais l'issue de la nuit, pas le crépuscule mais l'aube.

Telle était en tout cas l'impression que donnait le flot de grisaille qui entrait par la fenêtre.

Le feu s'était éteint dans la cheminée et l'atmosphère s'était refroidie de façon désagréable. Déjà, l'air humide de la forêt s'était insinué dans la cabane. Walden fut tenté de reprendre possession de la jambe qui, lui semblait-il, s'en était allée vagabonder de son propre chef, et de la ranger sous la mince couverture dans la douce chaleur que son corps endormi avait dégagée. Il maudit cette fenêtre sans rideaux. Il n'avait pas eu son compte de repos et de rêves, mauvais ou bons.

Hélas, tout en lui se réveillait à présent. Pas seulement sa vue, son ouïe, ses pensées (il n'y avait rien de tel que l'angoisse pour activer les neurones) : sa vessie, à chaque seconde, lui paraissait plus grosse.

Il lui fallait se lever. Comme un imbécile, il chercha des yeux l'emplacement de ce que sa jeune voisine Gemma appelait pudiquement « le petit coin ». Son père, lui, disait parfois les « gogues », parfois les « chiottes ». Peu importait le mot. Dans la cabane de rondins, l'aisance n'était pas prévue – les gens distingués disent ainsi : « lieux d'aisance ». Bref, pour se soulager, il allait devoir quitter la bicoque et affronter la forêt.

On y était. Épreuve du jour numéro un : faire ses besoins à la façon des chasseurs, des bûcherons, des hommes des bois, des sauvages. Baisser sa culotte en pleine nature. Bien sûr, il n'y avait *a priori* personne pour l'observer, mais il était difficile de s'imaginer dans une position plus vulnérable que le pantalon sur les chevilles, les fesses à l'air. Walden n'avait aucune idée de ce qui l'attendait de l'autre côté de la porte.

Il aurait pu le deviner : de la fraîcheur, de l'humidité, des senteurs d'herbe mouillée, de bois décomposé, d'aiguilles de pin roussies. La clairière était cernée de grands arbres. Walden ne s'éloigna pas. Qui avait décidé qu'on devait obligatoirement pisser contre quelque chose ? Il n'avait besoin ni d'un tronc ni d'un fourré. Il évita cependant la proximité immédiate de la cabane, comme s'il avait lu affiché sur la porte qu'on était prié de rendre l'endroit aussi propre qu'on l'avait trouvé. La plaisanterie n'en fut déjà que trop longue à son goût. À peine se fut-il un peu découvert qu'il entendit des bourdonnements et des vrombissements. Deux secondes, pas plus, et un moustique s'était posé sur son genou. À moins que ce ne fût une simulie. Dans le jour glauque, il ne faisait plus la distinction. Au fait, il était 7 heures du matin et la journée s'annonçait maussade. Au temps pour l'été indien !

Walden urinait à croupetons, comme une fille. Il lui répugnait de se montrer dans toute sa splendeur aux habitants de la forêt. Sa main s'abattit et une large tache vermeille s'étala sur sa peau. C'était, songea-t-il, le premier coup sûr de sa misérable carrière. Mais il n'en était pas quitte avec ces bestioles. Dès qu'il fut rentré dans la cabane, il perçut le son caractéristique des petites ailes. L'abri était resté inoccupé pendant une longue période. L'installation d'un gros morceau de viande gorgé de sang n'était pas passée inaperçue. Les suceurs-piqueurs l'avaient guetté avec gourmandise toute une nuit, derrière les carreaux. Il lui avait suffi d'entrouvrir la porte. À présent, les premiers arrivés ne manqueraient pas de rameuter copains et copines.

Non, se corrigea Walden, copines seulement. Si sa mémoire était bonne, chez cette sale engeance, seule la femelle s'abreuvait de sang.

Maintenant, il avait faim.

L'inventaire fut bref. Son père ne s'était pas foulé. Dans le sac s'empilait une demi-douzaine de boîtes de conserve, les mêmes qui garnissaient à la maison les étagères de la cuisine, derrière les rideaux raides de crasse. Saucisse-haricots, raviolis, jambon en gelée, ce genre de choses. Walden en mangeait cinq fois par semaine depuis que sa mère était partie. Il y avait aussi une poche de plastique pleine de graines, pour le pigeon. Ce dernier détail le plongea dans une profonde déprime. Si son père avait prévu de quoi nourrir l'oiseau, c'est qu'il avait vraiment l'intention de l'abandonner là pendant un certain temps.

Il y a assez de grain pour des semaines, constata-t-il avec indignation. Et tout juste de quoi me permettre de ne pas mourir de faim pendant trois ou quatre jours. Mais c'était là, sans doute, l'épreuve numéro deux. Apprendre à survivre par ses propres moyens.

Il lui fallait faire repartir le feu. Les cendres étaient encore chaudes. Walden tenta le tipi mais renonça vite, c'était une technique de spécialiste. Il posa une unique bûche sur une boule de papier avant de découvrir avec accablement que la grosse boîte d'allumettes ne contenait plus grand-chose. Il entreprit de compter, renonça. Parfois, les chiffres précis, mieux valait ne pas les connaître. Quelques minutes plus tard, son abattement n'avait fait qu'empirer. Il avait gaspillé en vain trois allumettes, sur une provision qui ne devait pas dépasser la vingtaine.

Walden réfléchit un moment avant de tout reprendre de zéro. Il n'avait peut-être pas l'esprit très pratique mais ses mains étaient habiles. Elles œuvrèrent pour lui, se substituèrent à son cerveau.

Il les laissa fouiller dans le coffre, rompre quelques brindilles, écarter la bûche, enfin faire ce qu'il fallait pour démarrer un petit feu qui bientôt deviendrait grand. Pendant ce temps, ses méninges travaillaient de leur côté. Quand de hautes flammes commencèrent à lécher la marmite suspendue, il savait qu'il devrait sans tarder accomplir au moins quelques pas dans la forêt pour y quérir des branches mortes et des aiguilles de pin.

Il ouvrit à demi une boîte de raviolis et la plongea dans les dix centimètres d'eau qui garnissaient le fond du récipient. Il n'en mangerait que le tiers, ça et une des dernières barres de céréales. Puisqu'il était voué à tout calculer désormais, il estima qu'en se rationnant sans s'affamer il pouvait tenir cinq jours. Mais, bien entendu, son père n'allait pas le laisser moisir pendant cinq jours dans ce trou perdu.

Maintenant, il avait soif.

L'affaire se compliquait. Il restait un peu de Crystal Springs dans la bonbonne, assez pour la journée. Mais, demain, il lui faudrait trouver une autre source d'eau potable. Or Walden n'avait aucune envie de s'aventurer jusqu'au lac. Ni de boire l'eau d'un lac. À ce sujet, il songea qu'après avoir découvert l'emplacement des lieux d'aisance (devant la porte de la cabane, cinq mètres

à gauche), il risquait d'être plus difficile de dénicher la salle de bains. Ce ne pouvait être que le
lac. Les chiottes, c'est la forêt, et la salle de bains
(et aussi le bar), c'est le lac. Si quelqu'un avait dit
ça devant lui, il aurait éclaté de rire. Mais là, non.
Pas même un sourire.

Il n'était pas 9 heures du matin et il s'ennuyait
déjà. Walden contempla un instant les œuvres de
Henry David Thoreau et décida de les conserver
pour plus tard, pour ce soir s'il devait passer une
seconde nuit dans la cabane. Il était trop tôt pour
prendre un somnifère – pour lire des choses
comme : « En attendant, mes haricots, dont les
rangs, additionnés ensemble, formaient une longueur de sept miles déjà cultivés... » Il s'assit sur
un tabouret et, la tête sur le poing, se creusa un
peu la cervelle.

À 9 h 20, il estimait avoir compris. D'une façon
ou d'une autre, son père l'observait. Son père
saurait. S'il n'était pas planqué dans un coin
(peut-être même assez loin, avec des jumelles), il
avait laissé tourner quelque part une mini-caméra.
Walden ne put s'empêcher d'explorer les angles
de la cabane, notamment ceux du plafond, sous
les éclisses du toit. Il leur tira la langue, ici, là, au
hasard. Pour que Jack Stephenson apprenne,
d'où il était, devant un petit écran d'ordinateur
sans doute, que Walden allait bien, que Walden

ne se faisait pas de bile, que Walden n'était peut-être pas un homme mais qu'il n'était plus un môme.

Il pleuvait. Voilà ce que lui enseigna sa patiente observation. Sur le coup, cela ne lui fit ni chaud ni froid. Alors, une petite étincelle s'alluma derrière son front. Walden se précipita sur la boîte vide de la veille, celle des haricots-saucisse, et sortit de la cabane. Comme il l'espérait, la pluie glissait sur les éclisses puis jaillissait en jets agités par le vent, sur plusieurs côtés du toit. Il emplit la boîte, la rinça à plusieurs reprises puis, estimant l'eau assez claire, but quelques gorgées.

— Tu vois, papa, pas besoin d'aller jusqu'au lac !

Il ricana, se gratta la tempe et s'exclama :

— Je peux même emplir la marmite, la mettre sur un bon gros feu et prendre un bain fumant.

Il espérait que son père avait entendu ça.

Bien sûr, ça n'allait pas suffire. Mettre un récipient sous la gouttière, c'était peut-être assez malin, mais ça ne faisait pas de vous un homme. Puisqu'il était dehors et déjà trempé, il jugea censé d'en profiter pour faire provision de bois mort.

— C'est à deux pas ! lança-t-il.

Il ignorait où se trouvaient le micro et la caméra – et n'était pas, ne pouvait pas être certain de leur présence – mais s'était mis à se comporter comme s'ils appartenaient désormais à son environnement. Ne plus se sentir aussi terriblement seul lui faisait un bien fou. Cette nouvelle donne ne présentait pas que des avantages. Quand on est seul et à l'abri des regards, on peut se permettre un certain nombre de choses.

— Désolé pour tout à l'heure, fit-il comme une pensée embarrassante lui venait à l'esprit.

La prochaine fois, songea-t-il, je me déculotterai derrière un buisson.

Il avança de dix mètres et fit demi-tour dans l'intention d'aller chercher la carabine. Il ne savait pas si c'était pour lui, parce qu'il avait peur, ou pour son père, pour lui montrer qu'il prenait ses précautions. Il chargea l'arme sans difficulté, n'ayant pas passé des heures pour rien au stand de tir en compagnie de John Wayne, plus connu sous le nom de Jack Stephenson – enfin non, en réalité, beaucoup moins connu.

Walden ne tarda pas à constater qu'il était malaisé de ramasser du bois, chargé d'une Remington 700 longue d'un mètre et lourde de plus de trois kilos. Dire qu'il regrettait de s'en être encombré serait cependant inexact. Pendant une minute ou deux, il suivit la piste par laquelle, la veille au soir, la Chevrolet était parvenue à destination. Remarquable par la largeur de ses pneus, la grosse Impala avait tracé dans la terre meuble du chemin des sillons que la pluie n'avait pas encore effacés. Walden se pencha sur ces empreintes et les scruta longuement, le cœur gonflé d'une inexprimable nostalgie.

De part et d'autre s'étendait la forêt. Une goutte de verdure dans l'océan boisé du Maine. Près de huit millions d'hectares, lui avait dit son père. Il n'avait pas précisé combien cela faisait d'arbres. Autour de lui s'élevaient de hauts sujets penchés en tous sens sous lesquels s'étageaient de jeunes pousses pareilles à des balais, des buissons épineux, de larges fougères, des entrelacs de ronces. Walden ne voulait savoir sous aucun prétexte ce qui se nichait là-dedans.

Il aurait aimé conserver la carabine coincée sous le bras. Dut se contenter de la poser à ses pieds tandis qu'il emplissait d'aiguilles de pin une poche de plastique puis rassemblait des rameaux et branchettes. La forêt semblait inépuisable mais ne se laissait pas dépouiller si facilement. Elle ne s'offrait pas sous forme de bûches et de petit bois. La Remington à l'épaule, Walden rapporta vers la cabane une brassée dont il sema la moitié en route. Il plaça sa récolte près de la cheminée, pour qu'elle y sèche.

Il n'était pas midi. Walden avait de nouveau faim. Il mangea le second tiers de la boîte de raviolis. Puis il nourrit le pigeon. Tandis qu'il regardait la petite bête picorer son grain, Walden se mit à réfléchir au message qu'il pourrait expédier à Chen par son intermédiaire. Il examina le plan que lui avait remis son père. Rien de vraiment utile n'y figurait. Aucun nom de lieu, aucune information lui permettant de se situer ou de s'orienter, hormis une vague rose des vents. Le lac se trouvait en gros au nord-est, d'accord.

« SOS, venez me chercher. Je suis quelque part. C'est simple, il y a juste huit millions d'hectares d'arbres autour de moi. »

Une redoutable évidence le hantait. Si son père avait souhaité qu'il puisse se situer ou s'orienter, il ne lui aurait pas bandé les yeux. Jack Stephenson avait fait en sorte d'égarer son fils. Il l'avait lâché dans une clairière au milieu de la plus vaste forêt des États-Unis pour qu'il lui soit impossible de s'en sortir par ses propres moyens, en compagnie d'un pigeon qui, lui, était sans doute capable de retrouver son chemin, mais auquel il ne pourrait confier aucun message permettant de le localiser. Une vision d'épouvante lui vint. Un beau jour, un chasseur poussait la porte de la cabane de rondins (ou un bûcheron ou un Indien ?) Là, il découvrait un squelette. Peut-être était-il encore paré de ses vêtements en lambeaux. Peut-être y avait-il encore un peu de peau desséchée sur les os, peut-être encore un peu de chair grouillante de vermine. L'homme constatait avec surprise qu'il s'agissait d'un enfant. Puis ses yeux tombaient sur les bouquins et il s'exclamait :

— Ça, c'est drôle, un enfant qui lisait Henry David Thoreau !

Or telle était la sinistre vérité. S'il ne voulait pas devenir fou, fou de rage et de terreur, s'il ne voulait pas éclater en sanglots, faute d'autres distractions, Walden n'avait guère qu'une solution : prendre un des deux ouvrages du philosophe, et lire...

— Quelle tristesse, disait le chasseur. Laisser un enfant avec les œuvres de Thoreau.

Mais peut-être était-ce plutôt un bûcheron. Et, naturellement, les bûcherons ne lisent pas de livres de philosophie. Le nom de Thoreau leur est inconnu et ils ne s'en portent pas plus mal.

— Quand j'ai arrêté le compte, disait le bûcheron, j'en étais à quatre cent vingt millions trois cent trente-quatre mille six cent huit arbres. Il y a encore du pain sur la planche.

L'Indien – si c'était un Indien –, lui, s'intéressait à la cheminée.

— Il est mort, disait-il, car il n'a pas réussi à faire le tipi avec les bûches.

Les paupières de Walden s'étaient fermées,

comme ça, alors que l'après-midi commençait seulement. Il eut l'impression de s'éveiller en sursaut. La voix qu'il désirait entendre, c'était celle de son père. Walden s'adressa aux coins sombres de la cabane, aux angles sous le toit.

— Je t'en prie, papa, viens me chercher.

Il savait qu'il devait éviter d'adopter ce ton geignard. Alors, il plaida sa cause en s'efforçant de faire meilleure contenance, en choisissant une cible (en haut à gauche, à l'opposé de la cheminée) et en regardant droit dans les yeux celui qui l'observait.

— Tu vois, je m'en sors pas mal. Mais ça sert à rien de continuer. Tu sais, j'ai réfléchi, je pense que je vais faire médecine, plus tard. Il n'y a rien à apprendre d'intéressant pour moi, ici. Pour ma vie future, tu comprends. J'ai envie de me rendre utile. Médecin, c'est bien, non ? On aide les gens, au moins. Tu ne voudrais quand même pas que je devienne bûcheron ou homme des bois ? Pourquoi pas indien pendant qu'on y est ?

Walden pouffa. Il avait réussi à se faire rire lui-même et s'en étonna, tant cela correspondait peu à son humeur du moment. Sur sa lancée, il poursuivit :

— En réalité, être un homme, c'est pas forcément avoir des gros muscles pour couper des arbres, pas forcément tirer à la carabine avec un

Stetson sur la tête, je te parle même pas des home runs au base-ball. Pour les filles, j'ai encore le temps, hein ?

Il adressa une petite grimace maligne à l'invisible caméra.

— D'ailleurs, j'ai rien contre. Faut juste que j'en trouve une qui me plaise. Gemma, par exemple, elle est sympa mais, franchement, elle a un cul de jument. Si j'étais son docteur, je lui conseillerais d'arrêter les Mars.

Il avait beau scruter l'angle obscur, aucun signe ne lui apparaissait, pas le moindre reflet. Pourtant, il eut bel et bien l'impression d'entendre soudain la voix de son père. Hélas, comme on disait à la télé, ce n'était pas du *direct live*. Plutôt du réchauffé. Une phrase de la veille, qui lui revenait aux oreilles.

« Il n'y a pas de réseau, de toute façon, disait Jack Stephenson. Loin de tout, à l'abri de tout. »

— Ah oui ! fit Walden, accablé.

Son père ne l'observait pas, ne l'entendait pas. Pas de réseau. Loin de tout. Il était coupé du monde.

Walden fit une dernière tentative pour se convaincre que son père, malgré tout, pouvait le filmer, dans l'intention de récupérer plus tard les enregistrements, mais non, cette idée de caméra cachée et de micro clandestin lui paraissait maintenant ridicule.

Il était seul avec deux bouquins ennuyeux comme la pluie qui tombait dehors.

Walden fit douze parties de Rubik's Cube, termina la boîte de raviolis, alimenta le feu, somnola, tourna en rond dans la cabane. Les heures passèrent, la fenêtre s'assombrit.

Avant qu'il ne fasse tout à fait nuit, Walden s'empara du couteau de chasse, pointu et aiguisé, puis choisit un rondin non écorcé. Il songeait alors à ce que faisaient les prisonniers dans leur cellule. Parfois, ils gravaient leur nom. Parfois, ils inscrivaient dans un mur la date du jour ou traçaient simplement un bâton. Un bâton, un jour. Ou un mois. Ou un an.

Il n'eut pas besoin de guider sa main. Avec la pointe du couteau, elle creusa ces quelques signes dans l'écorce : 12a 7m 4j.

Douze ans, sept mois, quatre jours.

# DOUZE ANS, SEPT MOIS
# ET CINQ JOURS

La journée ne s'annonçait pas plus clémente que la précédente. Il avait cessé de pleuvoir, sans doute, mais le ciel était plombé et l'air qui s'infiltrait dans la cabane indiquait bien que la forêt n'en avait pas fini de sécher. Walden eut la satisfaction de trouver sur la plaque en fonte de la cheminée quelques braises qui ne demandaient qu'à réveiller un bon feu. À ce rythme, cependant, la réserve de bûches s'épuiserait vite. S'il avait écouté sa raison, Walden n'aurait pas tardé à tenter une sortie, cognée en main. Mais c'eût été admettre qu'il était là pour longtemps et il ne s'y sentait pas disposé.

Il engloutit la boîte de jambon en gelée.

La veille, Walden avait compris que son père avait fait en sorte de l'abandonner dans un lieu impossible à situer (le trajet les yeux bandés, le petit plan dépourvu d'indications précises). Aujourd'hui, une autre évidence lui apparaissait, plus souriante. Jack lui avait laissé de quoi survivre jusqu'à son retour, ni plus ni moins. Il lui restait trois boîtes de conserve. La seule question qu'il se posait à présent était celle-ci : son père avait-il compté une ou deux boîtes par jour ? Walden avait bel appétit. Jack lui disait parfois qu'il n'avait jamais vu un ogre grandir aussi lentement. Il lui fut donc difficile de repousser la solution qui contentait aussi bien ses désirs que son estomac. Il aurait tant aimé croire que son père reviendrait deux fois plus vite s'il mangeait deux fois plus rapidement.

Écartant pour l'instant le débat, Walden se résigna à opter pour ce que Mr Flemming, son professeur de littérature, appelait les « nourritures spirituelles ». Une idée absurde et presque comique l'effleura. Et si Jack n'avait pas basé son calcul sur les conserves mais plutôt sur les bouquins ? S'il avait décidé de lui laisser juste le temps qu'il fallait à un enfant de douze ans pour avaler quelques centaines de pages d'un ennui mortel ? L'hypothèse était stupide. Il ne s'en efforça pas moins de témoigner un minimum de bonne volonté. Chacune des lignes de *Walden ou la Vie dans les bois* s'étant révélée jusqu'à présent assommante au possible, il prit l'autre volume et s'installa face au feu, sur un tabouret.

*Les Forêts du Maine.* Quel titre excitant, en effet ! Cela lui rappelait ces brochures touristiques qu'on trouvait à l'occasion sur une table, dans les hôtels ou à la bibliothèque Enoch Pratt. *Le Maine de A à Z, Nature et vie sauvage, Les lacs de notre région*, ce genre de choses.

La lecture ne lui parut pas beaucoup plus folichonne que celle de *Walden* mais, au moins, l'auteur bougeait et racontait une sorte d'aventure et non des événements palpitants comme la construction d'une bicoque misérable et la culture d'un champ de haricots. Il parlait notamment des animaux et des arbres de la grande forêt, qui semblaient d'une incroyable diversité. Hélas, son goût pour les descriptions interminables rendait le récit fort indigeste.

— Ah ! s'exclama soudain Walden.

Il venait de faire une découverte. Les bottes ! Ces bottes qui trouaient le vieux plancher de la cabane. Eh bien, il en connaissait désormais tout le secret. Elles servaient à des bûcherons qui convoyaient d'énormes billots de bois sur les rivières du Maine. Les petits crampons sous la semelle leur permettaient de s'accrocher aux rondins, y compris dans les rapides, tels des cowboys sur un taureau lors d'un rodéo.

— Et alors, soupira-t-il, qu'est-ce que je m'en fous !

Un morceau de papier dépassait entre deux pages. C'était une coupure de journal tirée du *Portland Press Herald*. L'article était consacré à un certain Christopher Knight. Dès la troisième ligne, Walden sentit une sueur froide lui couler le long du dos. Cet homme, ce Knight, qu'on venait de retrouver, et que la police avait arrêté, avait passé seul, caché, sans aucun contact avec ses semblables, les vingt-sept dernières années. Il ne vivait pas dans une cabane mais sous une tente, marchait sur des rochers et des racines pour ne pas laisser de traces, et, l'hiver, évitait carrément de bouger afin de ne pas marquer la neige de ses empreintes. Et à quoi croyez-vous qu'il consacrait ses journées solitaires, emmitouflé dans plusieurs sacs de couchage, sous le camouflage de sa tente militaire ? Il lisait ! On n'avait d'ailleurs rien de grave à lui reprocher, à part le vol de quelques livres et d'un peu de nourriture. Un détail frappa particulièrement Walden. Dans l'article, il était dit que Christopher Knight engraissait l'été, quand il pouvait chaparder sans trop de difficulté, et maigrissait de façon affreuse à la saison froide, tandis qu'il hibernait au fond de son trou, tel un loir ou un hérisson, avec rien d'autre dans le ventre que des nourritures spirituelles. Tout cela se déroulait dans les forêts du Maine, naturellement.

Walden considéra les deux volumes signés Thoreau avec dégoût. Il existait sans conteste un lien entre ce qu'il avait compris de la philosophie du grand homme et le cas de ce vagabond, Christopher Knight. Thoreau, dans ses écrits, faisait sans cesse l'éloge de la frugalité. Mais, en fait, il avait craqué au bout de deux ans, deux mois et deux jours. Il avait quitté sa cabane et regagné le monde civilisé. Knight, qui n'était pas un illustre penseur, avait tenu pour sa part vingt-sept ans ! Vingt-sept ans à vivre de rapines, de petits animaux, de baies récoltées au gré des saisons.

— Oui mais moi j'ai faim ! s'écria-t-il.

Il lorgnait vers la boîte restante de haricots-saucisse, sur le point déjà de lui faire un sort. C'est alors que lui apparut un second morceau de papier, glissé entre les pages des *Forêts du Maine*. Comme pour le plan griffonné, une feuille à petits carreaux, arrachée au même bloc et pliée en quatre. Walden reconnut aussitôt l'écriture de son père. En tête figurait ce titre :

*INSTRUCTIONS À SUIVRE À LA LETTRE*

Plus bas, il lut avec difficulté les notes jetées à la hâte. Jack Stephenson y rappelait un certain nombre des choses qu'il avait dites à son fils avant de le quitter :

*Interdiction formelle de sortir du périmètre, se débrouiller avec les ressources présentes sur le territoire (baies comestibles, poisson, eau de source). Ne rien voler. Ne pas s'approcher des gens (s'il détecte une présence). Laisser ou pas la Remington ? Ne tirer qu'en cas de stricte nécessité !! Etc.*

Et, en dessous, Jack avait écrit :

*Rendez-vous à la cabane. J'espère que le dîner sera prêt... et bon !*

Walden demeura songeur un long moment. La bonne nouvelle était que son père, apparemment, avait l'intention de revenir. Le reste ne lui apprenait pas grand-chose de nouveau. En réfléchissant, il parvint à la conclusion qu'il avait entre les mains une sorte de brouillon ou de pensebête. Il s'imagina que peut-être son père avait eu l'intention de mettre tout cela au propre et d'afficher ses instructions en clouant la feuille sur un mur. Il décida que, d'accord, il irait demain chercher des baies comestibles, du poisson et de l'eau, et qu'en attendant il allait manger des haricots et des saucisses.

Comme un souvenir lui revenait, il laissa de côté un morceau de saucisse. Il avait entendu dire que certains poissons mordaient à ce genre d'appât. Puisqu'il disposait de tout le temps nécessaire, Walden entreprit de préparer la ligne qui lui servirait le lendemain. Il avait le fil de pêche, manquait le crochet. Pour la canne, il se taillerait une branche longue et souple.

Il fouilla le coffre, le vida presque entier, à la recherche de l'objet adéquat. Un vieux trombone, par exemple, aurait pu faire l'affaire. Il sortit l'intégralité de la vaisselle, fer-blanc, alu cabossé et écorce de saule, puis tout un bric-à-brac de saloperies inutiles, découvrit enfin, sur les planches disjointes du fond, deux épingles et quelques clous rouillés. Pour en avoir le cœur net, il inspecta aussi le compartiment gauche, où s'entassaient les bûches. Walden constata avec désarroi qu'il n'en restait plus qu'une dizaine, posées sur une couche de sciure dont il balaya les coins de la main pour le cas où s'y nicherait le petit crochet de ses rêves. Il révéla ainsi quelque chose qui ressemblait à ce papier fort dont on garnissait les tiroirs. Sa surface était d'un jaune très sale mais Walden vit par transparence les formes sombres de dessins complexes. Sans trop savoir pourquoi, il ôta toutes les bûches du coffre afin de le récupérer.

— Wouah !

Une fois déplié, aucun doute, c'était un plan. Mais jamais Walden n'avait contemplé une carte aussi étrange et indéchiffrable. Sur un fond ocre à la couleur passée s'étalait un fouillis inextricable de lacs, de fleuves et de montagnes, le tout agrémenté de curieux quadrillages et d'inscriptions diverses, certaines très anciennes, d'autres visiblement rajoutées à la main à une date plus récente. Car la carte était assurément très, très vieille. Tout en bas figurait cette mention :

*Carte de l'État du Maine et du Nouveau-Brunswick établie par Moses Greenleaf en 1829*

Une vague de terreur le submergea à la pensée qu'il était perdu là-dedans, quelque part. Plus il examinait le vaste plan, plus sa conviction se renforçait qu'il ne s'agissait pas d'un pays normal, avec des routes, des villes et des villages, des habitants, une société, des issues. Cela lui semblait plutôt la représentation d'une terre de fantaisie, comme on en trouvait dans les livres de contes ou dans les romans de Tolkien. D'ailleurs, les noms qu'il parvenait à déchiffrer paraissaient sortir de l'esprit d'un auteur imaginatif. Aucun lieu sur cette planète ne pouvait sérieusement s'appeler

Penobscot, Ktaadn, Aroostook, Wassataquoik, Mattawamkeag, Mattaseunk, Pockwockomus ou, le plus dingue, Aboljacarmegus (des noms qu'il aurait pourtant relevés dans les écrits de Thoreau s'il avait été plus assidu).

Fait incroyable, il n'était indiqué à aucun endroit : forêts. Or, il savait que quatre-vingts pour cent de l'État étaient aujourd'hui boisés, et davantage encore sans doute au temps de ce Moses Greenleaf. La forêt, en vérité, devait être alors si dense et si abondante que le cartographe ne s'était pas donné la peine de la signaler, ne marquant que les hauteurs et les innombrables cours d'eau.

Walden se sentit pris dans les mailles d'un filet géant ou dans la toile de la plus grosse araignée du monde. Pour la première fois, il alla chercher la bouteille de pétrole et alluma la lampe. Il s'usa les yeux à suivre les petits fils qui allaient de lac en lac, frissonna soudain en repérant une minuscule croix rouge dans cette mer livide de formes torturées et de signes énigmatiques. C'était, sur la carte, l'unique tache de cette couleur. Il sut aussitôt qu'elle avait été portée là par une main étrangère et ne devait rien au travail méticuleux de Moses Greenleaf.

Je suis là !

Rien ne le lui prouvait mais il en avait

l'absolue conviction. Il avait découvert le lieu où se situaient la cabane, sa clairière, à proximité du lac Nahmakanta. Aussitôt, il décida de s'offrir un dessert en récompense. Après le jambon en gelée, qui lui avait tapissé la bouche d'une saveur salée persistante, il allait s'offrir une ou deux cuillers de haricots-saucisse, dont la sauce tomatée était distinctement sucrée. Il avait besoin de sucre.

Comme il entamait le couvercle de métal grâce au vieil ouvre-boîte laissé par son père, Walden laissa son regard dériver vers le bout de papier que Jack Stephenson avait couvert de son écriture chaotique. S'il espérait que le dîner soit prêt (et bon) à son retour, Walden avait intérêt à ce que la pêche soit fructueuse le lendemain. Car, des maigres provisions apportées, il ne resterait bientôt rien.

Haussement d'épaules. Jack n'avait qu'à rappliquer avec ses hamburgers ou sa pizza. Les yeux de Walden traînaient sur les quelques lignes aux lettres serrées et pointues. Bien des choses distinguaient son père et sa mère, Jack et Lisbeth. Elle, fine, fragile, secrète, imprévisible. Lui, solide, agressif, exubérant, routinier. Mais rien ne les opposait mieux que l'écriture. Celle de son père évoquait les tracés d'un cœur qui bat, tels que les traduit le stylet sur le rouleau de papier qui défile. Lisbeth dessinait de minuscules lettres rondes d'une main qui ne se relevait jamais et séparait à peine les mots.

Cela faisait une éternité que Walden n'avait pas vu l'écriture de sa mère. La dernière fois, c'était en allant porter un des blousons de Jack chez le teinturier. La vendeuse avait vidé les poches devant Walden et lui avait tendu une poignée de paperasses défraîchies. « Ça, avait-elle dit, ça passe pas au pressing. » Puis elle avait ajouté un élastique mâchonné, un cure-dents en bois et trois pièces de monnaie. « Ça non plus. » Dans le fatras, Walden avait découvert une enveloppe déchirée, timbrée au Pérou, et qui lui était adressée. À l'intérieur, toute cornée, couverte de traits violets baveux, comme brouillés par des larmes, il y avait une petite carte. Sa mère le suppliait de lui répondre *enfin*.

Le reste, il l'avait oublié (Walden avait fait disparaître le bristol). Lisbeth y parlait très peu d'elle. Elle disait simplement qu'elle n'avait plus aucune nouvelle de lui depuis des mois, qu'elle voulait *savoir*. Walden ne se souvenait pas des mots, uniquement de sa confusion. Il n'avait jamais rien compris à ce qui s'était passé.

Walden plongea la cuiller en fer-blanc dans le magma froid qui emplissait la boîte à ras bord. Repenser à tout cela ne lui disait rien. Enfin, s'il avait détruit la précieuse petite carte envoyée par sa mère et l'avait réduite en morceaux avant de l'enfouir au fond de la poubelle de la cuisine, il y avait bien une raison. Il avait eu peur. Son père s'était dressé entre elle et lui. Il avait intercepté cette carte et probablement toutes les autres lettres qu'elle avait envoyées. Walden n'avait jamais reçu d'explication sinon, un jour, cette phrase : « C'est pour te protéger. » Il s'était écrié que ce n'était pas vrai, que sa mère n'était pas méchante (il avait dix ans et demi, alors, presque onze). Jack avait eu un drôle de sourire puis avait hoché la tête. Il en était convenu : non, sa mère n'était pas méchante.

« Ça n'a rien à voir avec ça. »

Walden n'avait pu en apprendre davantage. Son père voulait le protéger. Sa mère n'était pas méchante. Les derniers mois avaient été horribles. D'une insupportable violence.

Le poing de Walden s'abattit sur la carte. Un réflexe. Lorsqu'il retira sa main, il y avait une seconde tache rouge entre Mattaseunk et Pockwockomus. Les ailes minuscules vibraient encore. Un moustique. Ou une simulie.

Puis sa mère était partie. Définitivement. Jack l'avait écartée. Effacée. Maintenant qu'il avait vu le timbre, il savait que l'histoire du pseudo-diplomate péruvien était sans doute exacte.

D'autres taches maculèrent la très vieille carte de Moses Greenleaf. Elles tombaient de ses yeux.

Avant de se coucher, Walden grava dans l'écorce : 12a 7m 5j.

Douze ans, sept mois, cinq jours.

Mais la journée n'était pas finie. Après le jour vient la nuit.

Il avait laissé la lampe allumée et il entendait les insectes grésiller sur la flamme. Ce soir, le noir lui faisait peur. Les bruissements et les ombres de la forêt n'y étaient pour rien. Ses souvenirs d'enfant l'avait suivi, comme s'ils avaient rampé avec lui sous la couverture de laine rugueuse.

Ce n'était rien au début, que l'image de la Chevrolet Impala *dark cherry metallic* garée à cent mètres de l'école. « Je t'assure, papa, je n'ai pas besoin que tu viennes me chercher, je peux très bien rentrer tout seul. » Pourquoi le gênait-elle tant, cette grosse voiture qui démarrait dès que les enfants avaient franchi le portail et qui semblait frotter son aile au trottoir ? Tout le monde la connaissait, les enseignants, les jeunes élèves et leurs parents. Son père le ramenait chez lui.

Rien n'allait plus entre Jack et Lisbeth mais quel rapport cela avait-il avec la Chevrolet couleur cerise ? « Mais non, mon chéri, seulement ton père préfère te conduire à l'école. » Sa mère, elle, ne prenait jamais la Chevrolet.

Un jour, son père s'était mis en colère parce que sa femme était sortie sans enclencher le système de sécurité. Il y avait maintenant deux énormes verrous à la porte principale, ainsi qu'une forte barre de métal que Jack mettait en place tous les soirs avant d'aller se coucher, il y avait une alarme reliée à une société de gardiennage, il y avait des barreaux aux fenêtres. Pourtant, il était entré dans une fureur noire.

Walden n'avait pas assisté à la scène qui avait suivi. Elle avait eu pour théâtre la salle de bains, oh ! tout près de sa chambre. Il avait entendu les éclats de voix, il avait entendu Jack traiter sa femme de folle irresponsable, il avait entendu Jack demander à Lisbeth (son *père* à sa *mère*) si elle voulait retrouver leur fils écrabouillé sur la chaussée ou avec un couteau dans le dos ou avec une balle dans la tête (pendant longtemps, Walden avait conservé un doute : Jack avait-il vraiment prononcé ces mots-là ? Aujourd'hui encore, il ne le savait pas). Ensuite, des bruits d'eau avaient couvert à demi leurs voix. Ils avaient ouvert tous les robinets, du lavabo, de la douche, et même tiré la chasse à plusieurs reprises. Mais la dispute s'était poursuivie et finalement Walden avait perçu le son des coups.

Une heure après, il s'était souvenu qu'il avait oublié de se laver les dents (sans blague ?). Il avait quitté sa chambre sur deux jambes flageolantes puis était entré dans la salle de bains obscure. Le silence s'était fait dans la maison. Il se souvenait parfaitement de sa résolution : ne pas allumer la lumière. Pourtant, ses mains ne retrouvaient plus rien, ni la brosse ni le dentifrice. En se déplaçant, il avait marché sur les fragments d'un verre à dents brisé. Oui, finalement, il avait appuyé sur l'interrupteur. Et il avait vu les traînées rouges sur l'émail brillant du lavabo.

Mais ça n'avait pas été la fin. Sa mère n'avait déserté le domicile familial que sept mois plus tard. Sept mois d'enfer.

Mon père voulait me protéger. Maintenant, il m'abandonne.

« Pourquoi, papa ? »

# DOUZE ANS, SEPT MOIS
# ET SIX JOURS

Il était prêt pour affronter le pays des fées, des ogres et des sorcières, pour repousser les Sioux, les Algonquins, les hommes des bois, enfin ce qui se présenterait. Mais, si un péril quelconque s'annonçait, comment y ferait-il face, encombré comme il l'était ? Dans le sac de sport accroché à son dos il y avait le fil de pêche et les hameçons façonnés, une gourde en plastique et diverses bricoles mais surtout, équilibrées tant bien que mal, d'un côté la hache et de l'autre la batte de baseball. Sur l'épaule, la carabine Remington. Dans sa main droite, tenu ouvert à la façon d'un guide touristique, *Les Forêts du Maine*. Dans la gauche, le petit plan du secteur tracé par son père.

Bien sûr, il aurait pu suivre la piste. Les sillons gorgés d'eau creusés par la Chevrolet semblaient l'y inviter. Walden y voyait à cet instant comme une illusion, un mirage trompeur. Les empreintes bientôt disparaîtraient puis la piste se perdrait dans les profondeurs impénétrables de la grande forêt. Walden ne croyait ni aux cailloux du Petit Poucet ni au fil d'Ariane. Dans son esprit, Jack avait accompli une sorte de prodige en parvenant jusqu'ici, un tour si mystérieux, si secret, qu'il lui avait bandé les yeux avant de l'accomplir. Amateur de casse-tête, jeux labyrinthiques et autres sports cérébraux, Walden savait que dans certains cas entrée et sortie n'étaient pas une seule et même chose.

D'ailleurs, quand on va à la pêche, on va à la pêche.

Il devait avoir l'air d'un idiot, avec son livre et son plan, tandis qu'il enjambait les souches, les buttes herbeuses, les rochers à fleur de terre, et faisait craquer le tapis moelleux des aiguilles, des feuilles et des rameaux morts. Il avançait comme à tâtons, entre flaques de lumière et puits de ténèbres. La forêt était mouvante, changeante, traîtresse. Walden ne s'y promenait pas seul, enveloppé par un double bourdonnant qui l'habillait de sa nuée vibrionnante. Moucherons, moustiques et simulies paraissaient imiter chacun de ses gestes, faisant un masque à sa figure, un gant à sa main. Pendant quelques minutes, il s'agita, engoncé par son lourd harnachement. Il gifla les bestioles, les écrasa par dizaines sur ses manches et sur ses joues. Il tenta d'accélérer le pas, courut à travers un buisson. Elles étaient toujours là, il en avait plein la bouche.

On croit qu'on ne peut pas s'habituer, on s'habitue. Il existait sans doute dans la sombre forêt du Maine des compagnies plus redoutables. Walden les avait rencontrées au hasard des pages, en feuilletant les œuvres du philosophe vagabond : l'ours, le lynx, le chien sauvage, l'aigle, le faucon. Il se gardait à droite et à gauche, il scrutait le sol à ses pieds, il dressait l'oreille. Quelques centaines de yards, disait le plan. Peut-être s'était-il déjà perdu.

Il lui fallait une canne à pêche.

La chance lui sourit, il repéra un noisetier. C'était plus qu'une perche longue et fine qu'il guignait maintenant. Il voyait pendues aux branches les coques brunes dans leurs collerettes vertes. Une source de nourriture, sa première prise de la journée !

Il posa son sac, se délesta de tout ce qui l'embarrassait et sortit la hache. Il espérait faire d'une pierre deux coups. Sans le moindre effort, il fit tomber quelques branches. Les noisettes s'y cachaient dans les feuilles, plus nombreuses qu'il ne l'avait imaginé. Sans attendre, il en cassa quelques-unes à l'aide d'un gros caillou plat. Et, là, il constata que d'une pierre il n'avait pas fait deux coups mais trois. Il avait la canne, il avait les noisettes, il avait aussi l'appât. Mieux qu'un morceau de saucisse, des asticots vivants. Chacun des fruits avait dans sa chair blanche un petit trou où s'agitait un ver, une larve annelée à tête noire.

Walden grignota quelques fragments auxquels il trouva un goût amer, cracha, puis reprit le cours de son expédition, la poche pleine de noisettes joliment habitées. Il possédait aussi à présent une gaule flexible à souhait mais craignait de n'avoir pas assez de mains pour finir le voyage.

Par bonheur, les bois s'éclaircissaient. Un vague chemin, en vérité une coulée de boue, le conduisit vers son but, le bord du lac. Walden gravit quelques rochers et ses yeux s'emplirent d'une vision à couper le souffle. Le lac, son lac, n'était guère qu'un étang. Il lui apparut comme une bulle de savon qu'on gonfle au bout d'une pipette, longue goutte irisée où la lumière taillait des tranches. Mais ce n'était que la première d'un interminable chapelet. Les lacs se succédaient à perte de vue et escaladaient le ciel. Entre eux, comme sur la carte de Moses Greenleaf, s'étirait le fil des rivières. Cette image de taches vertes ou bleutées reliées par les sinuosités des cours d'eau, telles les perles d'un collier en désordre, semblait posée à la façon d'un calque sur les ailes puissantes de la forêt sans limites où se mêlaient le jaune, le brun, le roux, le pourpre et le violet. Quand il clignait les yeux, ce n'était plus qu'or et rouge. Au loin, derrière un moutonnement de collines boisées, sur lesquelles se jetait ici et là l'écume bouillonnante de chutes dont Walden percevait les sourds échos, se dressaient les hanches d'une montagne au sommet perdu dans les brumes.

Il n'y avait que quelques pas entre lui et la rive tranquille, quelques pas, quelques cailloux, des buissons échevelés et un arbre au tronc tordu dont la tête broussailleuse se mirait dans l'eau de l'étang. Walden eut tout juste la place de caler son barda, le sac, le fusil, la hache, la batte, et s'asseoir au sec. En un instant, la ligne fut prête. Les asticots grouillaient, il eut même l'impression qu'ils mordaient. Enfin, il réussit à en enfiler trois sur un crochet de métal, et jeta son appât, la canne de coudrier bien en main. Les poissons étaient là, plusieurs fois il en vit les silhouettes effilées. Le brochet de trois livres, papa ! Ah ! si c'était pour aujourd'hui, peut-être que son père reviendrait...

Le soleil était pâle mais Walden en suivait le cours, bas sur les rondeurs du paysage, tandis qu'il laissait de lac en lac comme une bave mousseuse. Son hameçon dérivait dans un courant invisible où les petits vers, sans doute, s'étaient noyés depuis longtemps. Walden ramena la ligne et lança le fil à nouveau, à plusieurs reprises, comme il croyait distinguer entre les eaux des formes de plus en plus prometteuses. Trois livres, ou même quatre, pourquoi pas cinq ! Ou alors un rocher submergé auquel les feux engloutis du jour donnaient vie ?

Son bras tombait, son épaule s'engourdissait. C'était un trop rude travail que de devenir un homme. Walden sut que le brochet ne mordrait jamais. Une rage s'empara de lui, aiguisée par la faim. Il le voulait, il l'aurait, ce poisson qui croissait infatigablement, à deux longueurs de lui. En s'allongeant dans l'eau, il l'aurait attrapé. Alors, sans réfléchir, il s'empara de la Remington, l'arma, visa. Il tira à l'instant où dans son œil passait l'ombre.

Le fracas lui sembla rebondir de lac en lac comme un caillou qui ricoche, et faire sonner chaque flanc de la forêt. Walden se raidit, conscient qu'il venait de déranger quelque chose dans les vieilles terres du Maine. Des craquements sur sa droite le lui confirmèrent. La déflagration avait fait sortir des taillis une bête qui s'y était dissimulée et dont les formes, sous l'ombrage, lui parurent monstrueuses. Il n'en vit d'abord que l'arrière-train monumental puis, comme elle se tournait, la tête dégoulinant encore du bain d'eau et de feuilles où elle s'était plongée. Haut sur pattes, massif, presque noir, l'animal portait de larges bois plats. Walden fut soulagé qu'il ne s'agisse pas d'un ours. Le nom lui échappa un instant puis il le repêcha dans sa mémoire, orignal. Un mâle, un vrai, aurait dit son père, car la femelle ne possédait pas de ramure. Il en avait admiré le trophée dans un musée, bien des années auparavant.

L'orignal (Walden se creusait la cervelle) n'était pas agressif, sauf à la saison des amours et lorsqu'on s'approchait d'un petit. Il pouvait même se montrer familier dans les régions où il n'était pas chassé. Celui-là, en tout cas, ne se préoccupa pas longtemps de l'intrus qui venait d'interrompre son déjeuner. Il s'éloigna d'un pas dédaigneux.

Il y avait maintenant sur l'étang une tache rose, quelques bulles. La balle avait fait mouche, un carnage probablement car elle n'était pas destinée au gibier d'eau douce ! Le corps du poisson flottait à quelques encablures de la rive, trop loin déjà pour qu'il puisse s'en emparer. Il n'aurait su dire s'il s'agissait d'un brochet. Ce spectacle lui coupa la faim mais attisa en lui une soif brûlante. L'idée, sans doute, que le lac était désormais souillé et qu'il n'aurait pas le cœur d'y boire. Il entendait à proximité couler des sources. Les repérer devint son unique préoccupation.

Ayant récupéré tout son matériel, Walden reprit le chemin de la forêt et marcha nez baissé, oreille dressée. Un ruisseau clair, une cascade vive... le bruit de ses semelles sur le sol spongieux l'empêchait à présent de percevoir leur chant rafraîchissant. Déjà, il regrettait de n'avoir pas imité l'orignal, qui buvait et mangeait tout à la fois, la tête immergée dans le lac. Pour un peu, il aurait léché les mousses et les herbes bourbeuses. Pourquoi n'avait-il pas voulu se tremper dans le lac ?

Il avait suffi de quelques pas et tous ses repères s'étaient évaporés. Le trio de bouleaux jaunes, le pin étêté par une vieille tempête dont la cime rompue formait comme une dent cariée, le rocher vert, le noisetier au pied duquel il avait rassemblé rameaux, écorce et coquilles creuses. Il allait sur un sentier nouveau, bordé de rejetons maigres et qui brusquement s'enfonçait dans un cratère semé de souches et de branches carbonisées.

Walden hésitait, maintenant. Le paysage avait changé, la forêt avait changé. En tirant avec la carabine, il avait troublé l'harmonie des lieux, en avait déchiré la paisible beauté, et il avait réveillé des forces obscures. L'immense forêt du Maine s'était resserrée autour de lui et lui faisait connaître sa puissance.

Tranquille et indifférente ce matin, elle lui semblait soudain hostile. Les racines le faisaient trébucher, les ronces l'agrippaient à la cheville, la fange aspirait ses semelles, et ce n'était plus des moucherons qui le harcelaient, ni même des moustiques, mais des taons agressifs, des frelons.

Puis il y avait ce cratère. Un gouffre noir où tout avait brûlé et où ne restaient plus que des moignons d'arbres, un fatras de bois calciné. Dans ce désert charbonneux poussaient des buissons de baies sauvages, qui font l'une des richesses de l'État, airelles, bleuets, canneberges. Hélas, l'été était passé et seules pendaient encore aux rameaux quelques rares petites boules desséchées.

C'est par une trouée, tandis qu'il se déhanchait pour soulager son dos et sa nuque, qu'il aperçut une fumée lointaine. Walden se demanda si l'on incendiait là-bas un autre coin de forêt. Bientôt convaincu que non, que ce mince filet gris ne pouvait être le produit d'un sinistre, il s'efforça d'en mémoriser la direction et la reporta mentalement sur son petit plan. Le lieu repéré, sans doute, se situait hors de la zone délimitée par son père et au sein de laquelle Walden était censé se trouver en sécurité comme le joueur de base-ball touchant à la base conquise.

Il n'en fallut pas plus. Pendant quelques secondes, quelques mètres, il avait cessé de prêter attention à l'endroit où il posait les pieds, évitant les nœuds de lianes, les tiges épineuses, les cailloux traîtres, les fosses boueuses. Il écrasa une branche morte, trébucha. Entendit une sorte de sifflement. Ça venait des fourrés sur sa gauche.

Walden s'immobilisa, traversé par un frémissement de terreur. Il avait toujours eu une peur bleue des serpents, et certainement ce son sifflé, suivi d'un infime bruissement, ne pouvait avoir été émis que par un reptile. Il ignorait quelles espèces rampaient dans les sous-bois du Maine (H. D. Thoreau n'était guère prolixe à ce sujet). Retenant son souffle, il laissa glisser les courroies qui lui sciaient les épaules afin d'amener le plus doucement qu'il put son sac de sport au sol. Il envisagea un instant de prendre la Remington mais se souvint que la forêt n'aimait pas le bruit de la poudre, qu'elle lui menait la vie dure depuis qu'il avait tiré. D'ailleurs, la cible était trop proche. Lentement, très lentement, il dégagea la batte offerte un jour par son père et sur le manche de laquelle figurait, à demi effacée par la sueur, la signature de Cal Ripken Jr.

Il allait devoir agir vite, frapper plus vite que ne frappe un serpent, frapper comme frappait autrefois le grand Ripken. Quand la balle arrive, on ne s'y reprend pas à deux fois, on ne réfléchit pas. « Il faut, disait Jack Stephenson, être vif et agile comme Zeus attrapant la foudre. — Il la manie, papa, répondait Walden, ce n'est pas pareil. »

Walden prépara son coup comme s'il se trouvait sur le marbre. Immobile, statufié, la batte levée par ses bras fléchis. Mais c'était plutôt un coup de golf qu'il lui fallait réussir, à ras de terre. Sa cible était invisible et silencieuse. Ainsi qu'il l'avait vu faire par ses camarades les plus doués, il pesa de tout son poids sur sa jambe avancée, la gauche, et déchaîna la foudre divine dans un grand mouvement de rotation.

— Home... run ! hurla-t-il.

La batte avait rencontré un obstacle, une masse à la fois molle et lourde, qui n'était ni une souche, ni un rocher, encore moins un serpent. Walden ne distingua rien d'abord qu'une gerbe de feuilles rousses mais il avait entendu de façon distincte le bref, l'affreux glapissement. La bête était retombée trois mètres plus loin et tressautait dans une flaque de sang. On eût dit un ours en peluche et Walden ne lui donna un nom qu'après un moment de réflexion. C'était une marmotte. Il ramassa ses affaires et s'éloigna avant que le petit animal ne cesse complètement de s'agiter.

Dès lors, sans trop savoir pourquoi, il marqua son chemin à coups de hache, brisant des branches, entaillant des troncs. Walden avait l'impression de savoir où il allait et, en effet, il trouva bientôt la piste et, toujours visibles, les larges traces de la Chevrolet Impala SS millésime 95. Il se sentit fier à l'idée qu'il pourrait désormais retourner d'où il venait, du côté de la marmotte, du côté du cratère, du côté de la mystérieuse petite fumée. Mais revoir les sillons de la voiture paternelle lui avait porté un coup qui l'avait fait vaciller, un home run en plein cœur. Le vent, la pluie avaient érodé les empreintes, un peu de terre fine et d'aiguilles de pin les avait comblées. Elles ne tarderaient pas à s'effacer tout à fait. Et ce serait alors comme si son père s'était évanoui pour toujours.

Dans la cabane, Walden se jeta sur le fond de Crystal Springs qui tapissait la bonbonne. Sa décision, déjà, était prise. Il lui fallait s'échapper de cette forêt au plus vite, avant qu'elle ne se fâche pour de bon. En quelques dizaines de minutes, il avait massacré deux de ses habitants, le poisson, la marmotte, pour rien, et avait dérangé l'un de ses seigneurs, l'orignal. Cela se paierait, il en était convaincu. Puis il revenait bredouille, sans eau ni provisions. Il retarda le moment de s'attaquer à la dernière boîte. Il avait gardé pour la fin ce qu'il préférait, le chili con carne.

Debout face à la table, Walden étala devant lui la carte de Moses Greenleaf, luttant contre le découragement qui lui venait face à cette composition inextricable. S'il se laissait aller, la crainte qui l'avait assailli quand il avait suivi la piste pendant quelques pas finirait par s'imposer : ni entrée ni sortie, la forêt était un monde clos dont on ne s'échappait pas. Il plaça sur l'abattant les crayons de couleur et le porte-mine dont il ne se séparait jamais, éparpillés dans les profondeurs de son sac de sport parmi les vieux mouchoirs, les prospectus plissés, les miettes de chips et de biscuits.

Walden délimita une zone assez large, un quadrilatère dont la petite croix rouge était le centre. Ensuite, il prit la pochette de papier à cigarettes remise par son père et, collant les feuilles les unes aux autres avec un soin minutieux, il composa un rectangle de dimension comparable. Il possédait au moins ce talent. Nul en sport, nul au football, au hockey, au base-ball (quoique la marmotte eût peut-être été d'un autre avis), il avait la main très sûre lorsqu'il s'agissait de dessiner. Composé avec une extrême méticulosité, son plan lui sembla d'une parfaite fidélité à celui du vénérable Greenleaf. Il y reporta à la pointe de sa mine noire tous les noms qui figuraient sur l'original, ces noms extravagants dont il se demandait comment ils sonnaient aujourd'hui à l'oreille d'une personne un tant soit peu sérieuse.

Il avait ménagé tout autour de son dessin une belle marge. Il remplit cet espace d'inscriptions fiévreuses :

*SOS HELP ! Au secours ! Je suis là ! Venez me chercher... Vite !!! Chen, je vous en prie ! Ne me laissez pas !*

Etc.

Quand il eut terminé, un doute le prit. Chen, l'ami de son père, était certes un colombophile averti, c'est-à-dire qu'il s'y entendait sacrément bien en pigeons. À part ça, brave et serviable au demeurant, ce type lui avait toujours donné le sentiment de flirter avec l'idiotie. En d'autres termes, Walden n'était pas absolument certain que Chen sût lire. Étrange soupçon si l'on considérait que l'homme passait son temps à envoyer et à recevoir des messages volants. Mais les pigeons voyageurs savaient-ils lire eux-mêmes ? Cela les empêchait-il de remplir à merveille leur mission ?

Il avait oublié quelque chose. Walden se précipita sur le sac de graines et en garnit copieusement la cage de l'oiseau. Son pigeon allait avoir besoin de forces. Plusieurs centaines de miles jusqu'au logis, près de Baltimore.

— J'espère que tu es très amoureux en ce moment, dit-il.

La journée commençait à être bien avancée mais Walden ne voulait pas attendre. Le décollage serait pour maintenant, dès que le pigeon aurait fini de picorer. Le soleil brillait encore et voilà tout ce qu'il lui fallait. L'été indien connaissait des hauts et des bas, rien ne l'assurait que la prochaine matinée lui serait favorable.

Il jeta un dernier coup d'œil à son œuvre avant de la rouler en un tube serré, comme Chen le lui avait montré. À la patte, il était sûr de savoir le faire, même si l'expert préférait attacher ses messages aux rémiges de l'aile. Le pigeon se dressa soudain, paraissant sortir de la léthargie dans laquelle il était plongé depuis le début de son séjour dans la cabane de rondins. La perspective de retrouver prochainement madame, sans doute. Ou le plaisir, simplement, de sentir que les affaires reprenaient. Après tout, un pigeon voyageur était fait pour voyager.

Avant de sortir, Walden ranima le feu et mit à chauffer la boîte de chili. L'opération n'était qu'affaire d'une poignée de secondes. Il prendrait la petite boule gris et blanc entre ses mains et la lancerait vers le ciel... mais jamais geste aussi simple n'aurait été chargé de tant d'espoirs. À cet instant, il n'aurait su dire où se situait son père dans ses pensées. Il avait remisé Jack Stephenson dans un coin mort de sa tête, refusant d'évoquer les diverses hypothèses qu'il aurait pu considérer. (Son père ne pouvait le faire languir avec une telle cruauté de façon délibérée, ne pouvait l'avoir abandonné pour toujours, ne pouvait avoir oublié son existence, ne pouvait avoir eu un accident...) Jack Stephenson était présentement comme ce matin les braises du foyer, sous un couvert de cendres, et Walden était bien déterminé à ne pas souffler sur ce fantôme de père tant qu'il ne se sentirait pas capable de lui redonner un rôle à sa mesure (réapparaissant, lui expliquant tout, le serrant dans ses bras, proclamant qu'il était un homme).

C'était à Chen qu'il pensait et il en aurait pleuré. Ce type sans âge, à la mine longue et triste, qui parlait mieux le langage des pigeons que celui de ses semblables, et dont Walden n'aurait su dire s'il était bon ou méchant, malin ou abruti. Ce type qui embrassait ses colombes sur le bec et que nul n'avait jamais vu en compagnie d'une femme.

— Va, dépêche-toi, trouve-le. Va voir Chen. Porte-lui mon message. Vite, mais vite !

Walden s'adressait au pigeon comme à un chien.

La lumière du jour inondait encore la clairière mais le soleil, déjà, s'effaçait derrière les pointes noires des plus hauts pins. C'était pourtant à l'astre qu'il confiait sa vie. Cette sphère perdue dans une gerbe de reflets diffus devait être pour le voyageur comme une boussole. Si le pigeon ne s'orientait pas maintenant, il risquait de s'égarer.

Walden serra une dernière fois la petite bête entre ses paumes moites et, les bras tendus, s'apprêta à la lâcher. C'est alors qu'il aperçut sur une frange rougeâtre du ciel la forme obscure et menaçante du prédateur. Aigle, vautour, busard, il en ignorait l'identité. Mais le grand oiseau aux ailes largement déployées grossissait à vue d'œil et descendait sur la forêt, traçant sa spirale sur l'invisible toboggan des airs.

Contrordre immédiat ! Changement de programme. Bien sûr, il aurait été sage de remettre l'expédition au lendemain, au jour nouveau. D'ailleurs, Chen lançait presque toujours ses messagers au petit matin. Mais il ne voulait pas, il ne pouvait plus attendre. Il fourra le pigeon dans sa cage et se précipita dans la forêt où les premières ombres longues du soir se couchaient.

S'il l'avait ignoré en le faisant, il savait à présent pourquoi il avait taillé sa route à coups de hache, marqué les troncs, cassé les branches. Il remontait son chemin à grandes enjambées, dans l'éternel nuage d'ailes minuscules, indifférent aux piqûres. Dans le cratère, la lumière lui reviendrait.

Et elle fut là, en effet, baignant de rayons pou-
dreux le sinistre paysage de bois noirci. Peu lui
importait le charbon qu'il piétinait et qui lui collait jusqu'aux genoux une pellicule anthracite :
là-haut, dans le ciel dégarni, flottait encore un
globe laiteux strié d'orange.

Walden leva les bras, tira sur ses membres tant
qu'il put, comme s'il désirait que le pigeon donne
un baiser au soleil, son guide.

— Baltimore ! hurla-t-il en ouvrant les mains.

L'oiseau fila vers les feux mourants. De retour
dans son royaume, il décrivit quelques cercles, à
la recherche de ses repères, le nord, le sud, l'ouest,
l'est. Il redescendit un instant, presque au ras des
buissons, et Walden craignit de le voir déclarer
forfait. Puis le pigeon reprit son ascension, huma
une dernière fois les points cardinaux et choisit sa
voie aérienne. Walden aperçut son plumage clair
dans les cimes, le vit apparaître puis disparaître,
s'effacer enfin dans un roucoulement expectatif.

Walden demeura un long moment face à la
même direction, pétrifié à l'idée que le pigeon
puisse faire demi-tour, qu'il abandonne la partie et
ne retrouve même pas la cage d'où il était sorti.
C'est ainsi que le crépuscule le surprit. Le soleil,
sans doute, naviguait encore sur les terres, mais ses
rayons s'étaient pris dans les branches insatiables
de la grande forêt. Avec le soir, les suceurs-piqueurs

connaissaient un regain d'activité. Walden n'eut alors que le temps de le constater : un lointain filet de fumée serpentait au fond d'une trouée qu'illuminait une flèche perdue du jour finissant. Il remonta jusqu'au bord du cratère et se rua dans le sentier tortueux qu'il avait balisé à coups de hache.

Pourquoi tourna-t-il la tête et par quel miracle la vit-il dans son nid de feuilles bordé d'ombres ? Il ne put l'ignorer. Il lui fallut s'agenouiller près d'elle et la contempler. Son œil vitreux, son poil ensanglanté, ses pattes raides. Rien n'était plus horrible que les colonnes de fourmis qui montaient et descendaient les flancs de la marmotte. Walden, dans la clarté agonisante, parvint même à déterminer qu'il y en avait de deux sortes, rouges et noires sans doute, qui se disputaient férocement le territoire. Une sourde détonation le fit sursauter. Soudain pris de panique, il ramassa l'animal et courut vers la cabane, sans cesser d'essuyer le pelage où grouillaient les fourmis.

La marmotte était sur une latte de bois, près du coin de la cheminée où brûlait à hautes flammes une des dernières bûches. Avant de se coucher, Walden prit le couteau de chasse et grava dans l'écorce : 12a 7m 6j.

Douze ans, sept mois, six jours.

Il rêva éveillé que la marmotte se ranimait à la

chaleur de l'âtre puis que les fourmis changeaient de proie, qu'elles délaissaient la chair morte pour une autre, vive, jeune et tendre. Il se gratta jusqu'au sang mais c'étaient les piqûres des moustiques et des simulies qui le démangeaient.

Walden concentra ses pensées sur la fumée lointaine. Il se reprochait de n'être pas allé droit vers elle, rare indice de vie parmi les millions d'arbres de la forêt sans âme, quitte à sortir du périmètre délimité par son père et à enfreindre les instructions.

Il se demanda si son père s'était débarrassé de sa femme comme il s'était débarrassé de lui, s'il lui avait dessiné un quadrilatère de sécurité, là-bas au Pérou. Il fallait admettre que la maison avait recouvré son calme, une fois sa mère partie. L'existence n'y avait pas été meilleure et Walden avait pleuré bien des nuits mais son père au fil des mois s'était détendu. Récemment pourtant, Jack avait semblé repris par ses inquiétudes. Il vérifiait dix fois les verrous, surgissait de façon inopinée à la sortie de l'école et armait son fusil avant de se mettre au lit.

Walden ne pleurait plus, la nuit. Mais, souvent, il s'éveillait en sursaut. Parce que le téléphone sonnait, interminablement.

# DOUZE ANS, SEPT MOIS
# ET SEPT JOURS

Il restait dans la boîte de chili un gros centimètre de sauce figée où une dizaine de haricots rouges faisaient de petites bosses. Walden
mangea cela à la cuiller, sans même réchauffer
le brouet gélatineux. Quand il eut terminé, sa
première pensée fut qu'il allait bientôt avoir faim,
vraiment faim. Et qu'il avait déjà soif.

Des deux livres de Henry David Thoreau,
*Walden ou la Vie dans les bois*, de loin, lui avait
paru le plus ennuyeux. Il ne s'en était pas moins
efforcé d'en parcourir divers extraits. Par
exemple, il se souvenait d'un passage presque
amusant où le philosophe tenait le compte précis
de ses dépenses de nourriture. Walden le chercha
(dans le chapitre baptisé « Économie »), rien que
pour le plaisir de relire la liste des denrées : riz,

farine, porc, pomme, mélasse, melon d'eau, citrouille, saindoux, etc. Ah ! soudain, il aurait bien échangé sa cabane contre celle de l'illustre barbu (Thoreau prétendait avoir mangé en huit mois pour un total de 8,74 dollars !). Oui, vraiment, Walden, à cet instant, aurait volontiers offert le contenu entier de sa tirelire en forme d'écureuil pour un hamburger et un cornet de frites.

Walden se rappela aussi autre chose. Il attrapa de nouveau le bouquin et le feuilleta pour vérifier qu'il n'avait pas rêvé. Juste en dessous de la liste en question figuraient quelques lignes où Thoreau avouait avoir l'année suivante « égorgé une marmotte qui ravageait son champ de haricots ». Et, bon sang, il l'avait bouffée. L'homme n'était pas du genre à gaspiller.

Le regard de Walden se posa sur la boule endormie pour l'éternité au coin de l'âtre, se demandant s'il pouvait faire ce que Thoreau avait accompli... et ce que les fourmis avaient elles aussi entrepris à leur façon. L'auteur avait trouvé à la marmotte « un goût musqué » et, sans le dire franchement, laissait entendre que cette saveur ne l'avait pas emballé.

Walden s'empara du couteau de chasse à la lame forte et aiguisée. À la fin du paragraphe, Thoreau admettait qu'il aurait pu faire préparer ses marmottes par le boucher du village. Sans doute n'avait-il guère apprécié l'expérience que Walden s'apprêtait à imiter. La petite bête était douce, soyeuse, et semblait faite pour trôner sur un oreiller, dans une chambre d'enfant.

— Mais tu es morte, lui dit Walden. Je suis vraiment désolé de t'avoir tapé dessus. Puis ce n'est pas de ma faute. Je ne pouvais pas savoir. Enfin voilà, comme tu es morte, autant que tu serves encore à quelque chose. Sinon, ç'aurait été les fourmis, les mouches et les asticots.

Thoreau ne précisait pas à quelle sauce il avait accommodé l'animal. Pas même le temps de cuisson.

Walden estima qu'il fallait commencer par le ventre. Planter la lame assez bas et remonter vers la gorge. Ensuite, écarter les deux côtés de la fourrure ouverte afin de dépouiller la chair. Pour se donner du courage, il s'imagina en train de raconter la scène à son père. Quelqu'un comme Jack Stephenson ne pourrait se montrer qu'admiratif. Bien sûr, Walden ne dirait pas qu'il assommait ses proies à coups de batte. Il parlerait aussi du brochet, ferait de l'affaire une même partie de chasse : une balle pour le poisson, une balle pour la marmotte.

« Je n'ai pas tiré l'orignal, je n'avais pas assez faim. »

Il piqua la bête d'un mouvement de poignet énergique, fièrement. Mais l'homme qui était en lui se ratatina en l'espace d'une seconde. Le ventre gonflé de la marmotte laissa échapper tout ensemble un jet de gaz et une giclée glaireuse empestant la mort. Walden considéra avec horreur les traînées rosâtres qui maculaient ses mains. Dans l'instant, alertée par le sixième sens qu'ont ces saloperies de bestioles pour ces choses-là, une mouche atterrit sur son pouce.

Walden fut secoué par un hoquet de dégoût. Il se leva d'un bond, vite sur ses jambes pour que son estomac ne soit pas le plus rapide. La porte de la cabane poussée du pied, il se retint encore. Il ne voulait pas en souiller le seuil. Alors, il courut pendant dix mètres et, là, laissa opérer la nature. Il fallait le reconnaître : il n'y avait en lui aucun désir de marmotte. Son pauvre déjeuner de chili fit les frais de l'opération.

Il avait le ventre plus vide que jamais mais, au moins, il n'avait plus faim.

On dit souvent « à vol d'oiseau ». Cela suppose une ligne droite, directe, sans détour. Cela indique aussi, mais c'est une autre histoire, qu'on a dû négliger d'observer avec attention le comportement de certains volatiles. Reste à savoir à quelle vitesse vole l'oiseau. Notamment le pigeon.

Walden avait entendu Chen évoquer la question mais son souvenir n'était pas très précis. Avait-il vraiment parlé de 50 à 60 miles à l'heure ? Peut-être bien, et c'était là pour cette bestiole une vitesse vraiment respectable.

Le problème était que Walden ignorait la distance entre sa cabane et Baltimore. Voilà en effet une indication qui ne figurait pas sur le plan de Moses Greenleaf. Walden se livra ce matin-là à de vagues estimations, certaines optimistes, d'autres moins, mais finalement les abandonna comme se faisaient jour dans son esprit des doutes beaucoup plus préoccupants : ils concernaient cette fois la vitesse des méninges du nommé Chen. Combien de temps pour comprendre la situation, pour décider d'intervenir, pour quitter son pigeonnier avec vue sur Chesapeake Bay ? Chen était un lourdaud, un flemmard. Chen aimait les créatures à plumes et méprisait ses pareils.

La faim, dit-on, est mauvaise conseillère. Walden se sentait affaibli et confus. À l'écoute de son ventre, il étudiait les hypothèses et se demandait quelle était la bonne solution. Attendre ? Suivre la piste ? Partir à la chasse avec la carabine ? Se contenter de tester certaines ressources offertes par la nature, mâcher des feuilles, ramasser des champignons, chercher des baies ?

Il dut bientôt convenir que ses pensées revenaient toujours vers la même image : la fumée. Si, dans ces bois, les marmottes n'avaient pas coutume de se réunir autour d'un barbecue, elle devait trahir une activité humaine.

Il se garda bien cette fois de s'encombrer inutilement. Le plan de son père, la Remington, la gourde et le couteau dans le sac à dos, cela suffirait bien. Mais, surtout, ses souvenirs.

Walden retrouva sans difficulté le cratère pareil à une marmite géante culottée par un incendie méticuleux. C'est de là, sur le charbon croustillant du sol, qu'il l'avait détectée à deux reprises. Elle lui apparut presque aussitôt, fidèle au fond d'une trouée lumineuse que gardaient des rangs serrés de troncs blancs mouchetés de noir, mais si ténue qu'on eût dit un cheveu collé sur un écran de télévision. Walden se mit en marche, la carabine serrée à deux mains, un doigt sur la détente, comme si un ennemi redoutable pouvait surgir à tout moment.

Il se laissait conduire par une allée droite qui cependant s'empêtrait tous les cinquante pas dans des taillis et des bourbiers. Comme ses inquiétudes croissaient au fur et à mesure qu'il s'éloignait de sa base, Walden cassait régulièrement des branches, sans les détacher, afin de

marquer son chemin à la façon qu'il supposait
être celle des Indiens. Pin, pitchpin, hickory, bouleau, châtaignier, noisetier, hêtre, charme, cor-
nouiller... il connaissait désormais par cœur le
catalogue des essences qui composaient la grande
forêt mais n'était pas toujours sûr de ce que ses
yeux lui montraient. Il s'en moquait, il se moquait
de la forêt et de ses habitants, ignorant les pépie-
ments, les chants, les coassements et même les
piétinements. Une seule chose l'intéressait, ce
petit fil qui tantôt apparaissait tantôt disparaissait,
ce brin de fumée qui signalait quelque part la
présence de l'homme.

Ce fut interminable, pas plus d'une demi-heure
sans doute, mais la demi-heure la plus longue de
sa vie. Il était maintenant seul et perdu, au cœur
des bois infinis du Maine, brindille parmi les millions d'arbres. Un point infime sur la carte de
Moses Greenleaf, moins encore sur l'étendue
verte qui couvrait aujourd'hui les quatre-vingts
pour cent de l'État.

Puis son regard se heurta au muret. Une longue
bande croulante dont les pierres se déchaus-
saient, avec des brèches, des guirlandes de lierre,
des chapeaux de mousse. Mal construit, abandonné. Walden passa la tête entre deux gros
moellons aux bords émiettés, il découvrit un

terrain vague et, derrière, une ruine. C'était, tombé en pleine forêt, comme un morceau de West Baltimore, le quartier de la ville que se disputaient les rats, les dealers et les assassins. « La poubelle de la cité », disait son père. L'image collait on ne peut mieux à ce que Walden contemplait : des détritus, des morceaux de chiffon, de la ferraille, un magma d'herbes, de broussailles, d'objets à demi enterrés rongés par la rouille, bouffés par la vermine, des bouteilles cassées, des pieux enrobés de barbelés, une lessiveuse... Il n'aurait pas été surpris de voir au milieu de tout cela un corps (à West Baltimore, les flics en ramassaient au moins deux par semaine).

Il avait perdu la fumée. Ah ! si, voilà qu'il la repérait de nouveau. Elle sortait d'un gros tuyau accroché au sommet d'un mur, sur le côté gauche de ce qu'il hésitait à qualifier de maison. Un taudis, une carcasse vide. Il y en avait des comme ça à West Baltimore. À ce qu'on racontait, c'est ce genre d'endroits qui remplissait la rubrique des faits divers : rixe entre dealers en bas, dans l'escalier ; au premier étage, femmes égorgées ; au second, enfants ébouillantés ; sous les combles, les pendus. Telle était l'idée qu'il s'en faisait. Walden n'avait jamais mis les pieds dans ce quartier pourri, évidemment. Walden était protégé par quatre verrous, une barre, deux douzaines de barreaux et une alarme reliée à un central. Sans parler des flingues.

« Papa te protège pour mieux t'abandonner, mon enfant. »

Apparemment, la bicoque était inhabitée. Elle n'avait ni porte ni fenêtres. Juste des trous béants, un au rez-de-chaussée et un autre au-dessus à droite, deux bouches noires qu'encadraient de la brique et des morceaux de bois. Mais pourquoi, alors, la cheminée fumait-elle ?

Walden se décida à pénétrer dans ce qui avait dû être une étrange propriété sylvestre, occupée sans doute par un philosophe encore plus sauvage que Thoreau. Il fallait bien peu aimer ses semblables pour s'entourer ainsi d'une protection qui, autrefois, était probablement des plus solides. Désormais, il était en tout cas fort aisé de se glisser dans une des brèches ouvertes par le temps.

Dès qu'il y eut posé ses baskets, Walden fut frappé par l'évidence : ce champ de détritus, cette poubelle, était un ancien potager. Il aperçut des cosses de haricots desséchées, des trognons de choux grignotés par les limaces et des feuillages flétris qu'il aurait été bien incapable d'identifier si... Le cœur battant, il s'agenouilla. Là, affleurant le sol parmi les herbes folles, il voyait sans conteste la peau verdie par la lumière d'une pomme de terre. Il tira sur la tige, qui se rompit, puis se mit à gratter d'une main fébrile tout autour du tubercule. La patate n'était pas bien grosse, elle était percée d'un trou noir, mais cette découverte le réconcilia avec la vie. D'ailleurs, une minute plus tard, il en avait extirpé trois autres. Presque un dîner. Quelques mètres plus loin, il repéra d'autres pieds ainsi que le feuillage fin, caractéristique, de la carotte (fugitif et douloureux souvenir de sa mère, qui les adorait jeunes et un peu tordues, en bottes liées par un élastique).

Walden n'en croyait pas sa chance et il avait raison. Un grincement le fit sursauter, il leva la tête et vit apparaître brusquement une silhouette dans l'encadrement de la fenêtre. Vision inouïe d'un homme assis dans un fauteuil roulant, perché sur le rebord friable et se découpant sur une poche de ténèbres. Vieux, avec une plume dans les cheveux, une barbe jaune et des lunettes pendues à une seule branche, de travers sur son long nez violacé. Il tenait un fusil entre ses mains tremblantes.

Inconscient du risque insensé qu'il prenait, Walden lâcha la petite carotte terreuse qu'il tenait par ses fanes et s'empara de la Remington restée à ses pieds. En même temps, il entendit de

curieux petits bruits, des caquètements, des grognements, comme si divers assaillants s'étaient
donné le mot et s'apprêtaient à l'attaquer. Mais il
n'était pas question de se retourner, de scruter ce
qui se trouvait autour de lui, de quitter des yeux
l'homme qui braquait sur lui le canon de son
arme.

Ils étaient maintenant face à face, l'un en bas,
l'autre sur son perchoir, et ils se tenaient mutuel-
lement en joue.

— T'as plus à perdre que moi, dit le vieux.

— Comment, monsieur ?

Walden se demanda s'il n'aurait pas dû commencer par le saluer, dire bonjour, s'efforcer de
sourire, présenter des excuses pour son intrusion
dans un domaine qu'il croyait abandonné. Il lui
était difficile de penser à autre chose qu'à ce
tromblon qui décrivait de petits cercles à une distance qui ne dépassait pas quinze mètres.

— Plus à perdre, répéta le vieux de sa voix
frottée au papier de verre.

Et se montrer courageux, un homme, un vrai,
le pouvait-il ? Walden s'y essaya, convaincu soudain qu'il n'avait pas d'autre choix.

— On risque tous les deux la même chose, dit-
il. On n'a qu'une peau, monsieur.

Voilà sans doute une réplique qu'il avait

piochée quelque part, ça sentait le cinéma bon
marché. Le vieux ricana.

— On compte plus pareil, toi et moi. Toi, c'est
les années que t'as devant. Moi, c'est celles qui
me restent. Pas pareil.

Douze ans, sept mois et onze jours. Walden
eut l'impression de comprendre enfin ce que son
père avait voulu lui souffler.

— Il m'en reste cinq ! cria-t-il.

C'était le sixième jour, pas vrai ? N'avait-il pas
gravé la veille au soir « 12a 7m 6j » ? Non, pas
cinq. Quatre. Aujourd'hui, il vivait le septième. Il
avait douze ans, sept mois et *sept* jours. Quatre !
Onze moins sept, quatre. Une sueur glacée lui
colla aux flancs son maillot de base-ball.

— Cinq quoi ? T'es un petit dur, nan ?

— Oui, m'sieur. J'en ai eu deux rien qu'avant-
hier.

Un poisson et une marmotte. Il ne précisa pas.

— Deux ou cinq, faudrait savoir, dit le bonhomme.

Walden lui-même ne savait plus de quoi on
parlait. Il se cramponnait juste à l'idée qu'on ne
pouvait pas mourir pour une carotte. Pas si jeune !
Pourtant, il se souvenait qu'à West Baltimore des
gamins à peine plus âgés que lui se faisaient descendre tous les jours ou presque pour une pincée
d'herbe volée, pour un peu de farine mélangée à

la dope, pour une dette de 20 dollars qu'ils tardaient à régler, pour un pied écrasé ou un regard de travers

— C'est qu'une carotte ! Je pouvais pas deviner qu'elle était à vous.

— Cheeta !

Incroyable mais il croyait bien avoir entendu ce nom. Le vieux le répéta, braillant de plus en plus fort, comme s'il appelait une guenon à sortir de sa jungle. Walden baissa les yeux vers le rectangle imprécis où aurait dû se trouver la porte. Ce qui s'y montrait le prit au dépourvu, une masse gris et blanc, une queue dressée. Comme l'animal sortait à reculons, il révéla les grandes oreilles de sa tête d'âne. Mais ce ne fut pas tout. Un autre personnage suivait le baudet, un cochon rose et crotté, si bien que Walden ne fut pas plus fixé : qui était Cheeta ?

Le vieux hurla une fois encore :

— Cheeta !

Ce ne fut pas un animal qui sortit. Ni âne ni cochon, une femme. Enfin, elle ne sortit pas seule, elle semblait marcher sur une nappe de plumes, une bataille de becs, de crêtes et d'ailes. Poules, coq, dindes, canards.

— Prends-lui sa pétoire !

Cheeta, c'était elle. Vingt ans, peut-être trente, grosse de partout, lourde, des yeux fixes, deux

LORRIS MURAIL

billes sans expression, une natte de cheveux
jusqu'au creux des reins. Puis un groin qui n'avait
rien à envier à celui du goret, une bouche molle
béant sur de grandes dents à faire pâlir de jalousie
la bourrique. Elle se dirigea vers Walden d'un
pas traînant.

— Hé ! Ça brille, p'pa, elle est toute neuve.

Walden se laissa désarmer sans un mouvement
de protestation, fasciné par les pieds nus gainés
de crasse qui bousculaient la volaille.

— Doucement, mes chéris, gare, gare ! faisait
la fille.

Elle leur parlait, ne s'intéressait qu'à eux, ne
regardait qu'eux tandis qu'elle les écartait avec la
crosse de la Remington, poulets, canards, din-
dons.

— Ah ! Bah j'en ai donc une neuve, maintenant, dit le vieux.

Et il disparut de son perchoir, englouti par le
gouffre noir de son antre.

— Est-ce que c'est votre nom, Cheeta ?

La grosse fille s'éloignait de lui avec sa prise,
sans cesser de trier la basse-cour canon en main,
et de débiter son chapelet :

— Mignons, mes chéris, gare, gare ! Allez mes
chéries, mes poulettes, pousse-toi, toi, venez chéries...

— Madame ? Madame, c'est ma carabine.

Elle lui tournait le dos. Elle entra dans la maison, juste un instant, et ressortit sans l'arme. L'affaire était faite, la Remington avait changé de propriétaire.

— J'ai faim, dit Walden. Est-ce que vous pouvez me donner quelque chose ?

— Ah ! La soupe est pas prête.

La fille s'éloigna encore, repoussant l'âne d'une bourrade non sans lui glisser à l'oreille un de ses mots d'amour. Walden la rejoignit près d'une souche énorme, sciée à un mètre du sol, où on pouvait compter assez de cercles pour composer un siècle.

— Ça ne fait rien. Quelque chose, mendia Walden. Un morceau de pain et des carottes.

Cheeta ne semblait pas l'entendre. Elle se baissa pour fouiller dans les plumages, attrapa au cou un jeune poulet puis l'appelant mon amour, mon chéri, le lui tordit entre ses fortes poignes roses. Elle tendit à Walden la bête encore secouée de frissons. Il la refusa d'un geste, il se souvenait de la marmotte. Alors, Cheeta haussa les épaules et se détourna de lui pour de bon. Elle lâcha la volaille moribonde et se hissa sur le plateau lisse de la souche.

— Comment ça s'appelle, ici ? lui demanda Walden en s'efforçant de prendre une voix mâle (comme un flic qui interroge un suspect, lui sembla-t-il).

Pas de réponse.

— Je vais vous dire des noms. Vous me faites un signe si je tombe juste, d'accord ?

Elle ne lui adressa aucun signe mais il s'en tint à son idée. Pas facile, cependant. Il les avait lus dix fois, ces noms, mais de là à en retenir toutes les syllabes...

— Mattaseunk, Pockwockomus, Aja... non, Aboljacarmegus.

Aucune réaction.

— Ktaadn ? tenta-t-il encore.

Surprise, la fille ouvrit la bouche.

— Nan. Pas Ktaadn.

— Pas Ktaadn ?

— Nan. C'est la montagne, Ktaadn.

Walden hocha la tête. C'était exact, il le savait. Mais tout cela ne l'avançait guère. Cheeta avait écarté ses grosses cuisses pour tendre le tablier crasseux noué à sa taille. Elle plongea une main dans la grande poche de devant et en sortit un cornet en papier journal où ses doigts se mirent à trifouiller. Du tabac. Concentrée sur sa tâche, elle se roulait une cigarette.

— Est-ce que vous voulez bien me rendre la carabine ? C'est du vol, vous savez. Rien à voir avec une carotte.

Plus que jamais, Walden se sentait petit garçon et voilà qu'il s'adressait à cette affreuse personne comme s'il s'agissait d'une copine de son âge. Le chemin qu'il avait encore à parcourir pour rejoindre l'homme dont rêvait son père lui parut terriblement long. Un homme, un vrai, on ne l'ignore pas comme l'ignorait cette fille. Il aurait aussi bien pu ne pas exister. L'envie lui traversa l'esprit de lui demander si elle pouvait, au moins, lui rouler une clope, mais il l'abandonna aussitôt, de crainte de se ridiculiser en toussant à la première bouffée.

Elle essaya de tasser un peu le tabac dans la cigarette. Ses gros doigts n'y parvenant pas, elle tira sur les petits brins qui dépassaient avec le soin méticuleux que mettent les idiots à faire certaines choses. Puis elle fouilla de nouveau sa poche pour en extraire un Zippo argenté qui, au premier tour de molette, répandit une forte odeur d'essence. Une haute flamme bleue jaillit dans la brise et se coucha sur le pouce noirâtre de Cheeta.

La fille avait maintenant au bec une cigarette grossière, longue, bosselée et tordue au milieu. Quand la flamme du briquet s'en approcha, Walden y découvrit, sur le papier, des zones colorées, du brun, du vert, un peu de bleu. Il y avait même près de l'extrémité plantée entre les lèvres de Cheeta une tache d'un rouge sombre.

Ce fut comme si on l'avait foudroyé. Il ne hurla pas sa rage, sa stupeur, son indignation, car ses poumons brusquement s'étaient bloqués. Il ne distinguait rien, ne reconnaissait rien mais ces couleurs étaient les siennes, il en était certain. Les siennes, celles aussi de Moses Greenleaf. Sa carte. Le message dessiné sur le papier fin et envoyé à Chen. Le pigeon.

Quant à la tache rouge...

— Salope ! cria-t-il, et cette fois c'était bien une réplique d'homme.

Il ne s'enfuit pas. Il courut vers la maison, la sinistre carcasse.

Ce n'étaient que des murs, entre lesquels hommes et bêtes vivaient mêlés, une immonde porcherie où le cochon accueillait âne et volailles ; sans doute ceux-là toléraient Cheeta et son père. Walden n'eut pas longtemps à chercher. Sa Remington était posée sur l'unique meuble des lieux, une table couverte de fientes et dont les pieds disparaissaient dans une couche de paille puant l'urine. Il y avait cependant aussi la cheminée où la soupe mijotait dans un faitout calé par des briques sur un nid fumant de branches vertes, et un évier où s'étalaient quelques légumes encore enrobés de terre humide. Sur la paillasse de zinc, un broc de faïence et une cuvette. Walden embrassa tout cela d'un seul regard tandis que ses narines se gorgeaient d'odeurs fétides et aigres. Il courut dans la pénombre de la pièce, toucha d'une main fébrile la crosse de bois de la carabine puis se rua jusqu'à la pierre énorme de l'évier, attrapa quelques légumes qu'il fourra dans son sac, but à même la cuvette une rasade d'eau au fort goût de fer en priant pour qu'elle ne soit pas contaminée par toutes sortes de bactéries mortelles.

Walden entendit des craquements dans le fond de la pièce unique et se tourna vers les montants d'une échelle de bois qu'il avait à peine remarquée. Là, dans la poudre de lumière qui tombait d'une trappe en lents tourbillons, il vit derrière les barreaux une sorte de véhicule fantomatique, une chaise de métal rouillé et de cuir déchiré, montée sur deux hautes roues sans pneu. Au même instant apparurent les jambes inertes du vieux. Elles descendaient l'échelle en rebondissant sur les degrés étroits, suivies par une poitrine brève et large. Si la fille s'appelait Cheeta, le bonhomme se nommait sans doute Tarzan. Il se laissait glisser à la force des bras, son vieux fusil à canon scié tenu par une lanière coincée entre ses dents.

— Arrêtez ! Je vous dégomme, m'sieur, je vous jure ! cria Walden.

Le vieux grogna sans cesser son effort.

— Je suis bon tireur, je suis rapide. Arrêtez, hein ! Ma carabine elle est meilleure.

Le bonhomme avait les pieds à terre, maintenant, et les fesses sur un barreau presque entièrement fendu. Il ignorait la menace. Il était chez lui, et faisait ce qu'il avait à faire. S'adosser, récupérer le fusil et éliminer l'intrus.

Walden tira. Il tira puis s'enfuit en courant, sans savoir ce qu'il avait touché. Ou non. Il n'avait pas visé, probable qu'il n'avait troué qu'un mur. Il traversa la volaille et poussa le baudet. Cheeta n'avait pas bougé de son trône. Elle ne songea à soulever sa masse qu'en percevant les braillements du vieux qui brusquement lâchait un chapelet de jurons. Walden était loin déjà, il sautait le muret et fonçait dans la forêt.

Il avait le sentiment d'avoir visité pour de bon l'une des contrées indiquées sur le plan du vénérable Moses Greenleaf, un de ces pays nommés Aboljacknagesic, Wassataquoik ou Pockwockomus. Filant à travers bois, il s'attendait à ce que surgisse à tout moment un gnome, un loup-garou ou peut-être un sorcier algonquin. Ou alors la reine des simulies, haute de trois mètres avec une couronne en or à sa canine gauche. Pourquoi pas ?

Par chance, ses baskets connaissaient le chemin par cœur. Elles s'alourdirent d'herbes, d'épines et de boue mais le portèrent jusqu'au bout de l'allée, jusqu'au cratère charbonneux, jusqu'à la cabane de rondins. Là, cependant, Walden songea que ce n'était plus possible, qu'il ne pouvait rester davantage dans la clairière. Son père l'avait abandonné mais il avait, lui, enfreint les règles édictées par Jack Stephenson. Cheeta, Tarzan, le gnome, le loup-garou et la reine des simulies, tout le monde savait désormais où il créchait.

Ce soir, il graverait dans l'écorce : 12a 7m 7j.

Douze ans, sept mois, sept jours.

Et, demain, il s'en irait.

# DOUZE ANS, SEPT MOIS
# ET HUIT JOURS

Rien à faire pour enfiler ses baskets. En séchant, la boue de la veille avait formé une carapace et, dessous, le cuir était devenu dur comme du bois. Bon, en insistant un peu, ses pieds seraient entrés dans les coques mais il partait pour une longue randonnée et ne se voyait pas l'entreprendre avec une paire de sabots d'un autre âge.

Restaient les bottes, trop grandes certes, mais tellement mieux adaptées au parcours qui l'attendait. Walden bricola à la hâte : il arracha les deux semelles intérieures de ses vieilles chaussures de sport et colla au talon quelques lambeaux de chiffon. Ainsi, il ne les perdrait pas à chaque pas. Ses allers et retours dans la cabane le ravirent. Il lui plaisait de sentir les petites pointes des bottes cloutées s'enfoncer dans le bois du plancher et y semer de nouvelles marques. Mais, la plus belle trace de son passage, il la contemplait à présent et non sans émotion. S'il l'avait pu, il aurait décollé l'écorce du rondin et aurait emporté avec lui le calendrier des jours passés dans les lieux. Cela commençait à 12a 7m 4j et finissait à 12a 7m 7j. Quatre jours qui se succédaient mais qui, dans son esprit, ressemblaient fort à un compte à rebours.

Les paroles prononcées par son père le hantaient : « Jeudi de la semaine prochaine, tu auras douze ans, sept mois et onze jours. Crois-moi, c'est important. » Plus il y songeait, plus il voyait approcher avec appréhension ce onzième jour. Walden n'avait aucune idée de ce que Jack avait voulu lui suggérer et, au fond, le problème était là. Au onzième jour... Ah ! mais que se produirait-il donc ? Toutes les hypothèses étaient ouvertes et aucune de celles qui lui passaient par la tête ne lui apportait le moindre réconfort.

Au onzième jour, il faudra que je sois loin d'ici. Voilà ce qu'il avait fini par déterminer.

Harnaché comme un campeur-chasseur, avec sa Remington, sa batte de base-ball et son sac à dos bourré à craquer, il referma d'un violent coup de pied la porte de la cabane. L'été indien reprenait des couleurs et il partait sous un soleil presque chaud. Sa première étape lui était connue : elle l'amena vite et sans encombre au bord du lac.

Son raisonnement était simple, convaincant et, s'il n'en était pas plus fier, c'est qu'il savait l'avoir emprunté à quelqu'un d'autre. Ce quelqu'un (était-ce dans un film, dans un livre ou au cours d'un programme télé ?) disait la chose suivante : « Une eau qui coule vous conduira toujours quelque part. » S'il songeait à la grande forêt du Maine, la différence était fondamentale. Quand on est paumé parmi les centaines de millions d'arbres d'une modeste zone boisée de huit millions d'hectares, la notion même de sortie paraît illusoire. Dans ce parc d'attractions de quatre-vingts millions de kilomètres carrés, on pouvait errer un an sans découvrir d'issue. On pouvait même errer un an sans visiter le centième du parc. On pouvait errer un an sans rencontrer la moindre personne bien intentionnée. Mais on pouvait en l'espace de trois jours croiser un orignal, une marmotte, Tarzan et sa fille Cheeta.

Tourner en rond, telle était sa grande crainte. Au cinéma, les gens qui se perdent tournent toujours en rond. Mais l'eau, elle, conduit forcément quelque part (en principe, à la mer).

La vision qui s'offrait à lui n'en était pas moins démoralisante. Une belle rivière droite, un fleuve, aurait à coup sûr justifié la théorie. Les vallées mènent aux hommes. Mais que penser de cette enfilade de lacs enchaînés par des bras d'eau dont il se sentait incapable de deviner le cours ?

Les bottes lui donnaient de l'assurance. Il suivit la rive de son étang dans un fouillis d'herbes, de pierraille, de trous de loutres et de barrages de castors, coupant sans cesse des petites sources, des ruisseaux, passant dans les éclaboussures de cascades. En l'espace d'une heure, il but plus qu'il n'avait bu pendant les trois journées précédentes. Mais, déjà, il se sentait égaré et commençait à comprendre l'étrange formule qu'il avait lue dans *Les Forêts du Maine*. Thoreau, pour décrire la région qu'il explorait, parlait d'un « désert de lacs ». Il avait quitté le sien et pataugeait à présent dans 20 centimètres d'eau pour remonter le long d'un étang étroit à la surface vert sombre. Quand il en eut fini avec celui-là, grâce à une partie d'escalade sur une lande sableuse copieusement garnie de rochers et d'arbres morts, un brusque bouillonnement faillit le jeter dans les graviers d'une cascade violente. Le lac qui s'étendait devant lui paraissait s'étirer dans toutes les directions, prolongé de tentacules écumants et semé sur toute sa surface d'îlots inaccessibles.

Walden dut crapahuter parmi les troncs

pourrissants d'une interminable futaie où se dressaient des rideaux de fougères. Un souvenir lui revint, le genre de souvenirs que quête avec avidité un estomac affamé. Il avait entendu parler des fougères comestibles des pays du nord, un régal pour les Canadiens. Les gens qui habitaient là-haut récoltaient les jeunes pousses en forme de crosse et les accommodaient de diverses façons. Il se baissa au sein de la forêt miniature et se convainquit bientôt qu'il s'agissait en effet des fameuses « fougères-à-l'autruche », si légères dans le vent qu'elles ressemblaient à des plumes. Ses mains cherchèrent avec avidité au ras du sol les petits rouleaux verts, pareils à certaines pâtisseries qu'il adorait, spirales garnies de confiture. Mais, comme pour les baies, les myrtilles, les canneberges, la saison était passée. En désespoir de cause, il arracha quelques frondes et se mit à les mâcher. Le feuillage des plantes adultes était coriace et amer. Avant même d'avoir avalé, il sentit des sucs vénéneux lui brûler le gosier. Comme à titre de représailles, une giclée de bile lui monta à la bouche.

Alors, il se précipita vers un ruisseau et but de nouveau, but encore, encore. Ainsi, au moins, il avait le ventre plein.

« Papa, pourquoi tu ne m'as pas abandonné

au printemps ou au début de l'été, quand il y a plein de trucs à bouffer ? »

Il cessa de les compter. Chacun des lacs, estimait-il, mesurait dans sa plus grande longueur entre deux et quatre miles. Il en laissa un troisième derrière lui, rond et sombre, habité par des balbuzards, puis un quatrième pareil à une langue tirée dans le flot de salive blanche des torrents descendus des berges. Et, donc, ne se préoccupa plus de leur nombre car, lorsqu'il levait les yeux, il lui semblait qu'un jeu de miroirs en faisait sans cesse apparaître de nouveaux.

Walden doutait désormais de la sagesse des propos entendus. Ce *quelqu'un* qui croyait savoir où allaient les eaux n'avait probablement jamais visité le Maine. Non, monsieur Quelqu'un, les eaux du Maine ne vont pas quelque part ! Elles coulent les unes dans les autres comme le sable d'un sablier qu'on retourne, à l'infini (sa mère, autrefois, ne faisait jamais cuire un œuf sans culbuter le petit ustensile de verre où, souvent, le sable rose bouchait le fin conduit et cessait de descendre ; il fallait le tapoter mais, alors, il était trop tard, le jaune avait commencé de coaguler et son père râlait).

Lasses d'arracher les bottes à la gadoue et aux nœuds d'herbe, ses jambes s'étaient alourdies. Walden n'en regrettait pas pour autant ses baskets car, à force de se tordre sur les cailloux et dans les trous, ses chevilles auraient fini par céder si elles n'avaient pas été maintenues par le tuyau rigide du vieux cuir. Mais tous les muscles de ses membres et de son ventre le tiraillaient, et ses épaules criaient grâce sous le poids de la batte, de la carabine et du matériel entassé dans le sac de sport.

Le jour baissait déjà et là-bas, la montagne qui constituait son seul repère fixe donnait l'impression de s'enfoncer lentement dans les profondeurs de la terre. Un buisson de ronces lui offrit son premier et seul repas de la journée. Les mûres, au moins, étaient un fruit de l'automne. Il avala les plus noires puis celles que marquaient encore des grains rouges et croqua pour finir des baies presque vertes.

Dans ses rêves, Walden avait espéré qu'en quelques heures de marche il parviendrait, de rivage en rivage, à s'extraire de la forêt et à gagner un lieu habité. Un lieu avec un téléphone, un lieu d'où il pourrait reprendre contact avec le monde et joindre son père. Mais il avait appris au cours des jours précédents à ne pas trop compter sur la chance. Voilà pourquoi son sac était aussi lourd. Il avait emporté la couverture en prévision des nuits fraîches du Maine. Il avait aussi envisagé de progresser jusqu'aux ultimes lueurs de la soirée. L'épuisement s'abattit sur lui bien avant et il décida de bivouaquer tant qu'il tenait encore sur ses jambes, choisissant un endroit éloigné du bord de l'eau sans se situer sous les ombrages les plus oppressants.

Ayant élu un socle rocheux couvert de mousse, il ramassa du bois sec et tenta de faire du feu dans l'espoir d'éloigner les insectes (il s'efforçait de ne pas penser aux animaux de plus grosses dimensions). Il ne restait dans la boîte que sept allumettes. Très vite, devant le navrant spectacle des aiguilles de pin qui disparaissaient sous l'action de minuscules flammèches bleues avant de se réduire à des points lumineux, il comprit que ses efforts seraient vains. S'il voulait embraser les branchages qu'il avait disposés en tipi, il lui fallait un meilleur combustible. L'idée fut longue à germer, la résolution plus longue encore à prendre. Convaincu qu'il commettait une sorte de sacrilège, il prit *Walden ou la Vie dans les bois* et en arracha quelques pages. Le papier s'embrasa sans se faire prier et une belle fumée monta bientôt vers les cieux, si noire qu'elle paraissait charrier les réflexions du philosophe sous la forme d'une multitude de petites lettres imprimées.

C'est ainsi que Walden chercha le sommeil, enroulé dans une couverture, le visage tourné vers les branches livrées au feu. Mais un estomac vide ne connaît pas le repos. Le sien ne se souvenait que d'une chose, des quelques gouttes amères extraites des fougères et descendues avec sa salive. Car ils étaient digérés depuis belle lurette, maintenant, les pauvres légumes volés dans la maison de Cheeta.

L'eau était partout et lui coulait dans les oreilles. C'était le chant de la nuit, c'était la voix du Maine. Pourtant, comme les flammes se recroquevillaient sur les morceaux éparpillés du tipi et que la clarté baissait, Walden eut le sentiment d'entendre plus distinctement d'autres sons. Bien malgré lui et sans le moindre amusement, il jouait à un, deux, trois, soleil. Les paupières serrées, il tentait de s'enfoncer dans le sommeil mais un petit bruit l'alertait, un vrombissement, un craquement. Alors, il ouvrait les yeux, inquiet soudain, et il scrutait l'ombre au-delà de la flambée, une main crispée sur la carabine, le nez contre le manche de la batte signée par Cal Ripken Jr. Chaque fois, il en retirait l'angoissante certitude que la forêt s'était rapprochée. La forêt et ses habitants, tous ceux dont il connaissait l'existence mais qu'il n'avait pas encore rencontrés : l'ours brun, le lynx, le daim, le chien sauvage puis ses plus humbles locataires, le porc-épic, la martre, la loutre, sans oublier les serpents, sans oublier les charognards du ciel, les rapaces nocturnes.

Peut-on dormir quand tant de pupilles vous guettent et quand tant de crocs et de serres s'aiguisent ? Il chercha pourtant l'oubli dans le sommeil, chercha asile, comme l'autruche, dans le néant et l'obscurité, l'inconscience.

Il ne s'attendait certes pas à percevoir des pas humains, pas davantage à discerner dans les ténébreuses entrailles de la forêt une silhouette humaine.

— Papa ?

Walden s'était soulevé, empêtré dans sa couverture. Ce n'était rien, rien qu'un crépitement, qu'un caillou roulé, qu'une branchette cassée. Le Maine était un grand, un immense corps vivant, une créature innombrable de feuilles, d'écorce, de poils, de chair et de sang, que mille étangs abreuvaient. Il appela encore d'une voix misérable :

— Papa ?

La Remington était glacée entre ses doigts. Il la manipula un instant puis, comme s'il prenait pour cible un fantôme, une douleur, il tira dans la nuit. Quelques piaillements lointains lui répondirent et ce fut tout.

Il avait eu tort de tant bouger. Le froid s'était insinué sous la couverture et, brusquement, ses intestins se tordaient. Ils se révoltaient contre le dur régime de la journée passée, sans nourriture substantielle, mais de l'eau, beaucoup d'eau froide et peut-être contaminée, des fougères toxiques et des mûres trop vertes. Walden sentit la nécessité de se lever. Il repoussa quelques branches à demi carbonisées dans les braises pâlissantes et, Remington en main, tituba jusqu'à la berge la plus proche.

La lune éclairait faiblement une courte grève sableuse. Il s'y soulagea comme il put, se rinça la bouche dans le courant d'un ruisseau puis se rappela soudain qu'il avait négligé, la veille, d'accomplir un rite auquel il accordait désormais la plus haute importance. Il ramassa un bout de bois et inscrivit dans le sable : 12a 7m 8j.

Douze ans, sept mois, huit jours.

Quand il se retourna, il était toujours seul.

Seul, quelque part, entre Sowadnehunk, Ripogenus et Chesuncook, sous le regard impénétrable du Ktaadn, la montagne dont le sommet, là-bas, toisait les rares étoiles du ciel. En l'observant mieux, Walden vit que le Ktaadn fumait la pipe, un chapeau de nuages sur la tête, et le contemplait de ses deux gros yeux rouges.

# DOUZE ANS, SEPT MOIS
# ET NEUF JOURS

À 6 h 45 du matin, il était debout, surpris d'être là, vivant, surpris d'avoir passé la nuit si près de la forêt et de n'avoir pas été dévoré. Ce qui le dévorait, c'était la faim. Il explora les fourrés avoisinants, dénicha un nouveau buisson de mûres et, à contrecœur, ramassa quelques escargots qu'il fourra dans son gant de base-ball. De retour à son camp de base, il ajouta un peu de papier et de mousse sèche à son feu, puis des brindilles. Quand la chaleur lui parut suffisante, il vida le gant et attendit pendant une dizaine de minutes. Il ignorait encore, à ce moment, s'il aurait le courage de surmonter sa répulsion.

Quand il écrasait les coquilles, il trouvait à l'intérieur une petite chose noirâtre et recroquevillée, enrobée de filaments blancs. Il rinça les mollusques dans l'eau du lac avant de les avaler. C'était bon. Non, à vrai dire, c'était ignoble. Une partie de son être lui disait qu'il fallait manger, une autre que oui, peut-être, mais sûrement pas ça. Son estomac lui-même semblait partagé. Il réclamait de la nourriture, n'importe quelle nourriture, et pourtant manifestait l'intention d'expulser vers le haut ce qui lui était proposé. Walden parvint à le maîtriser et ne s'en sentit pas peu fier (et pas moins nauséeux).

La journée s'annonçait radieuse pour ce garçon des villes qui ne savait pas que ciel rose au matin, si joli soit-il, ne promettait que pluie en chemin. Sa route, d'ailleurs, s'interrompit net. La lande qu'il parcourait sereinement s'abîma brusquement dans une sorte de précipice. En bas, ce n'était plus un étang, un lac, non plus qu'une rivière, mais un gouffre tourbillonnant. Il suivit des yeux le parcours grondant du rapide, seule issue vers des nappes d'eau moins tumultueuses.

Walden se sentait capable de descendre les quelques mètres de falaise jusqu'au sentier escarpé qui surplombait la gorge. Dans son esprit se ranimèrent des images anciennes qui le ramenèrent au temps où, tout môme, ses parents l'escortaient dans des fêtes foraines. Ce qu'il avait fait alors, il pensait pouvoir le refaire aujourd'hui. Il voyait même exactement comment. Il s'agissait simplement pour lui d'imiter les gestes qu'effectuaient autrefois les bûcherons du pays de façon coutumière.

Il repéra sans peine l'objet qu'il lui fallait, le paysage en était semé. Un rondin de pin abandonné par les forestiers. Il fit rouler celui qui lui parut le mieux adapté à ses projets et le poussa jusqu'à le faire basculer puis attendit la fin du vacarme pour s'allonger sur le sol et s'assurer que le billot s'était écrasé comme il l'espérait dans les arbrisseaux qui garnissaient le sentier de chèvre.

Enfant, il se lançait ainsi dans des vaisseaux de bois sur la pente bouillonnante de pataugeoires longues de cent yards et profondes de trois ou quatre pieds. Mais on le posait dans son baquet puis on l'y sanglait.

Un jour, il s'était passé quelque chose. Le baquet avait été pris dans des remous un peu trop violents et il avait tapé fort à l'arrivée. Sa mère l'avait attrapé à deux bras et l'avait serré contre elle comme il éclatait en sanglots. Son père avait suivi l'incident d'un air placide, vaguement intéressé, un petit sourire aux lèvres. Quand Walden s'était mis à pleurer, il avait détourné la tête. Jack les avait plantés là, Lisbeth et lui, il était rentré seul à la maison.

Walden devait à présent se livrer à un bref exercice de varappe dont la perspective le terrifiait. Ce n'était peut-être que trois ou quatre fois la longueur de son corps. S'il s'était écouté, il aurait accompli la périlleuse descente paupières closes. Mais il l'entreprit en pleine conscience, déséquilibré par le poids de la carabine et de la batte, le poids du sac gonflé par la couverture de laine. Il s'agrippa à la roche et aux branches molles qui se balançaient sous son nez. Enfin, il lâcha prise et atterrit sur la corniche, juste au-dessus des eaux blanches, à deux mètres de son rondin.

« Papa, regarde ! »

Le scénario était clair dans son esprit et chaque détail se détachait avec netteté, en un seul mouvement décomposé, comme dans un film où vingt-quatre images ne font qu'une seconde. Il la voyait, cette seconde, elle était à lui, mais il y avait par-dessus elle, tel un couvercle obscur, cette idée effroyable : serait-ce la dernière ?

De toute la puissance de ses bras, il décrocha le rondin empêtré dans les branchages pendus. L'énorme cylindre de bois tomba devant lui, près du bord du sentier. Il n'avait plus qu'à pousser un bon coup et il roulerait à l'eau, dans ce bouillon dont il recevait déjà les éclaboussures glaciales. *La* seconde se situait exactement là. Et, s'il la laissait s'éloigner, s'il la laissait passer, elle ne se représenterait jamais plus.

Walden jeta un regard vers le haut. À la fois accablé et soulagé, il comprit qu'il ne parviendrait sans doute pas à grimper le mur granuleux gris et blanc qu'il venait de dégringoler. Il n'en aurait pas la force, il n'avait jamais réussi à atteindre le sommet du portique avec la corde lisse, guère mieux avec la corde à nœuds. Alors, voilà, il fallait y aller.

« C'est ma seconde, papa. »

Ce fut plus difficile que prévu. Le tronçon était long et dense, Walden dut s'employer à lui faire franchir le rebord rocheux. Concentré, sachant que tout devrait s'accomplir comme si c'était un geste unique, presque comme si le rondin et lui ne faisaient qu'un.

Il banda ses muscles et pour ainsi dire n'eut pas besoin de sauter. Son élan l'avait emporté, plongeon dans le néant. La pièce de bois piqua dans les tourbillons du rapide et à peine se fut-elle redressée que Walden était dessus, accroupi, pareil à un chat au dos rond. Ses semelles avaient claqué avec une telle vigueur qu'il se sentit soulevé par un vertigineux sentiment de triomphe. Car tout était là, oui, l'essentiel tenait dans ces quelques millimètres de métal aiguisé, sous les bottes. Sans les crampons, il aurait glissé ; sans les bottes, il aurait échoué. Mais, plus incroyable encore, son succès, il le devait au philosophe, à ce maître de l'ennui qu'était Henry David Thoreau. Car, sans lui, il n'aurait jamais osé. Non qu'il fût acrobate, cet homme-là, mais il les décrivait si bien, les bûcherons qui chevauchaient les rivières sur une échine de bois, que Walden avait fini par croire l'aventure à sa portée.

Emporté par une poussée furieuse, il se souvint de certaines précisions qu'il avait eu tort de négliger. Les draveurs, comme on les appelait, convoyaient d'énormes quantités de troncs, qui encombraient la rivière sur toute sa largeur, et de plus travaillaient à plusieurs et s'aidaient de perches. Enfin... les accidents étaient fréquents et plus d'un corps s'était englouti dans les eaux froides du Maine pour ne jamais reparaître. L'ennemi, c'était le rocher.

Les flots du rapide le propulsèrent dans une gorge étroite et Walden ne dut qu'à l'exiguïté du passage de n'être pas éjecté de son esquif instable. Ses épaules frottèrent la paroi, sa carabine y rebondit avant de lui cogner la tête d'un coup plutôt rude. La séquence fut brève et violente, comme la sortie d'un bouchon du goulot de la bouteille sous la pression du gaz.

Presque allongé, les jambes tordues pour que les bottes demeurent accrochées à l'écorce, Walden vit l'eau se fendre en ailes blanches. Une douche glacée lui cingla la figure et le trempa jusqu'aux os. Le rapide rencontrait maintenant une résistance, comme il s'enfonçait dans un étang parcouru de courants contraires. Cinq fois, il crut qu'il allait être jeté à bas de sa monture. Ensuite, ce fut une lente glissade. Son morceau d'arbre oscillait et Walden s'efforçait de rester inerte, telle une bête à l'affût, de crainte qu'il ne gîte un bon coup.

Le péril surgit d'où il ne l'attendait pas. Brusquement, le rondin racla le fond. Walden n'y put rien faire, il bascula et s'étala dans un bain profond de trente centimètres au plus, sur un lit de cailloux. Il se releva moulu, éraflé, frigorifié.

Face à lui s'étendait un monde de lacs et de rivières, de rapides, de cascades et de torrents, de rochers, de falaises, de chutes. Le spectacle était d'une beauté insensée sous le ciel violacé aux franges de pourpre et de rose qui n'allait pas tarder à tenir les promesses du matin. Mais la pluie, sur son corps ruisselant, ne pourrait qu'être douce.

Il était dans une arène d'eau que gardaient par milliers pins et bouleaux sur les contreforts de la montagne qui toujours dominait le paysage. Le Ktaadn. Seul. Si seul que c'en était enivrant.

La faim, le froid et la peur l'avaient nourri de leur énergie désespérée. Il aurait pu s'effondrer, se laisser couler et rejoindre en un instant les draveurs engloutis. Une force nouvelle s'éveilla en lui, qui lui permit d'agir avec sûreté. Il n'avait plus ici qu'un ami, qu'un compagnon, ce lourd morceau de bois qui flottait à demi sur le gué caillouteux. Walden le poussa jusqu'au moment où il le sentit s'échapper, saisi par la résurgence d'un courant. Ce serait sa brise, son cap. Dès que l'eau arriva au sommet de ses bottes, il s'étala sur son fougueux cylindre puis l'éperonna. Le rondin s'enfonça un peu mais bientôt commença de dériver.

Ce fut si long que sans doute par moments il s'assoupit. Il traversa de biais tout un lac immense puis dévala un rapide jusqu'au creux d'une baignade hérissée de joncs. Un vigoureux effort lui permit de trouver une issue, l'un des bras d'une sorte d'araignée qui bientôt se multiplia et devint une rivière à mille pattes. Il pleuvait, à présent, et les poissons qui passaient devant ses yeux lui paraissaient voler.

Cette fois, c'était la fin du rodéo. Un marécage où il ne pourrait plus naviguer. Il dit adieu à son navire et progressa vaille que vaille, s'empêtra dans les herbes et pataugea dans la boue liquide. Il allait vers un rivage incertain que surplombaient la bosse d'une colline verdoyante et, plus haut, les tranches ocre et jaune d'une falaise si bien éclairée par un retour de soleil qu'elle paraissait l'appeler. C'était, songea-t-il, le genre de lieu où l'on glissait un *quarter* dans la fente d'une lunette pour admirer le site et se repaître du « point de vue » promis par les dépliants touristiques. De là-haut, s'il y parvenait, il pourrait toiser le Ktaadn et lui parler d'égal à égal.

Il crut se perdre pour toujours dans les fourrés de la colline qui pourtant lui fournit quelques denrées miraculeuses, des poignées de noisettes saines, des myrtilles sèches au bon goût confit, des mûres gonflées de jus. Pour un peu, il s'y serait établi et aurait attendu la nuit là, dans l'humidité des feuillages. Mais l'attraction de la falaise était trop puissante et, surtout, il craignait de mourir où il se laisserait tomber. Quelque chose lui murmurait qu'il usait ses dernières forces et que ce reste d'énergie devait lui permettre d'aboutir à sa prochaine base, en un lieu où il serait « sauf », car sinon il n'y aurait pas de lendemain.

Walden écarta un rideau de branches, piétina des buissons bas et jaunis, et voilà qu'elle était là. Comme il l'avait deviné d'en bas, une veine tortueuse en autorisait l'ascension, un chemin creusé par les pluies, où la chaussée s'étranglait parfois, où ailleurs s'étageaient des marches de géant. Toutes les parois ruisselaient d'une eau qui faisait luire la roche.

Sa montée à pas pesants dura une vingtaine de minutes et fut interrompue au milieu par la chute torrentueuse d'une cataracte que crachait une bouche située près du sommet. Secouée par le vent, la gerbe écumante balayait la voie avant de disparaître dans un gouffre qui fendait l'escarpement. Cent mètres plus loin, alors qu'il voyait approcher le terme de ses peines, Walden découvrit avec surprise un petit objet abandonné. C'était une fine sandale à lanières brunes, qu'il compara en souriant à son pied. À côté, ses bottes de draveur semblaient faites pour des enjambées de sept lieues.

Walden se hissa enfin sur un plateau rocheux d'où l'on embrassait un immense paysage et qui, tout près déjà, se fondait vers l'autre horizon dans l'inépuisable forêt. Mais rien de tout cela n'existait plus, et ses émotions victorieuses se dissipèrent dans l'instant.

Il n'était plus seul.

Là-bas, lui tournant le dos, se tenait une autre personne, droite près du bord du précipice. Il craignit, en l'appelant, de lui occasionner une peur qui la ferait basculer dans l'abîme. C'était, lui sembla-t-il, une très jeune fille, menue, aux cheveux blonds et courts. Walden avança de quelques pas et songea qu'une brusque irruption risquait d'être plus effrayante encore qu'un simple cri. L'inconnue écartait maintenant les bras, comme quelqu'un qui s'apprête à prendre son envol. Voulait-elle, dans un moment de folie, s'élancer vers le sommet lointain du Ktaadn ? C'était lui, en tout cas, qu'elle contemplait ainsi, terrible et fascinant.

— Hé ! Ta chaussure !

C'était sorti comme ça, la chose la plus stupide à dire. Elle sursauta un peu, sans doute, mais par bonheur ne plongea pas dans le vide. Walden fonça vers elle puis ralentit sa course afin de lui épargner une nouvelle émotion.

Elle s'était retournée, la main en visière devant ses yeux car les nuages de pluie, en se déchirant, donnaient une lumière blessante. Ainsi, Walden ne distingua bien ses traits qu'une fois arrivé à trois pas d'elle. Elle n'était pas si jeune, enfin elle n'était pas jeune du tout. Petite et mince, d'accord, mais un visage marqué de rides au coin des paupières, un front soucieux de grande personne, un cou strié de longs plis. Embarrassé, Walden baissa la tête. Il vit qu'elle avait les pieds nus, tachés de boue et de sang.

— Excusez-moi, dit-il, je...

Il ne put achever. Cette femme avait au moins cinquante ans.

— Ma chaussure ?

— Désolé. J'aurais dû la ramasser. Vous voulez que j'aille la chercher ?

Elle secoua lentement la tête pour refuser l'offre, sans cesser de l'examiner, et Walden comprit que sa surprise à lui n'était probablement rien en comparaison de la sienne. Après tout, il n'avait devant lui qu'une femme d'un certain âge et aux pieds nus. Pour sa part, elle contemplait un garçon trempé et crotté, un garçon de douze ans, sept mois et neuf jours, qui trimbalait sur son dos une batte de base-ball et une carabine Remington 700, tirant du .243 Winchester. Il se demanda si elle aussi était perdue et si elle avait faim.

Cette femme représentait exactement ce qu'il cherchait avec désespoir (un autre être humain, dans l'immensité du Maine), pourtant engager la conversation lui parut affreusement difficile. Mais pourquoi, aussi, demeurait-elle muette et comme absente ?

Bien entendu, une nouvelle sottise lui échappa.

— J'espère que je ne vous dérange pas.

Un instant, Walden crut qu'elle allait éclater de rire. Mais une sorte de masque se posa aussitôt sur sa figure et on eût dit que quelque chose en elle refusait cette joie, cet amusement.

— Tu es à la chasse ?

Elle réfléchit une seconde puis rectifia :

— Non. Tu t'es perdu.

— Oui, c'est ça. Je suis perdu. Est-ce que vous pouvez m'aider ?

— Eh bien, je crois que nous sommes face au mont Katahdin.

— Au quoi ? Ah ! Le Ktaadn.

Cette fois, la femme s'autorisa un sourire.

— Le Ktaadn ? Oh ! Seigneur, comment tu dis ça !

— Je ne suis pas sûr de la prononciation, admit Walden.

— Katahdin, répéta-t-elle. La plus grande montagne, voilà ce que cela signifie dans le langage des Indiens penobscot. Ktaadn ! On ne trouve ça que chez Thoreau, à ma connaissance, enfin les gens de cette époque.

— D'accord. Je voudrais retourner chez moi, madame. Si vous pouviez me déposer quelque part ?

— Te déposer ? Oh... Et d'où viens-tu donc comme ça ?

— De Baltimore.

Walden vit arriver le moment où il allait être contraint de tout raconter. Il songea d'abord que

cette femme se ferait de son père une idée épouvantable. Puis il se dit que certainement elle ne
goberait pas un mot de son histoire.

— De Baltimore... Il me semble que nous
sommes assez loin de Baltimore. Ma foi, j'ai cette
ville en horreur.

— Vous connaissez ?

La femme soupira, abîmée dans ses pensées.
Walden se demanda soudain où avait bien pu
passer sa seconde sandale.

— Ç'aurait pu être les pires années de ma vie,
dit-elle.

— Vous parlez de Baltimore ?

— Oui.

— Et alors ?

— Alors, il ne faut jamais croire qu'on a traversé le pire. On se l'imagine parfois mais c'est
seulement parce qu'on ne connaît pas encore la
suite.

Walden frissonna. Il eut l'impression désagréable qu'elle lui glissait à dessein ces choses à
l'oreille, comme pour l'avertir de ce qui l'attendait.

— N'importe où, souffla-t-il. Laissez-moi juste
quelque part. Je voudrais pouvoir téléphoner.
Est-ce que vous avez un téléphone ?

— Non. Je n'ai plus rien. Plus rien.

Même pas ses sandales.

Walden avait tourné la tête pour qu'elle ne voie pas ses larmes. Seul dans les vastes espaces, à l'assaut de la nature hostile, sur son morceau de bois dans les rapides, il s'était montré autrement courageux. Il éprouva une sincère déception à se sentir redevenir lui-même.

— C'est que je n'ai pas mangé, dit-il en guise d'excuse. J'ai faim. Ça fait trop longtemps.

— Ah ! Attends. En fait, je crois que si... j'ai encore quelque chose !

Elle fouilla le petit sac qu'elle avait jeté un peu plus loin dans l'herbe rare et tendit à Walden un tube de pastilles à la menthe. Il aurait préféré un cheeseburger mais, dans son état de faiblesse, une dose de sucre ne se refusait pas.

— Merci.

— Tu as un nom ?

— Walden.

— Pardon ?

— Walden. Je sais, ce n'est pas très courant.

— Walden comme...

— Oui, c'est ça. Comme le lac. Je crois que vous aimez bien Henry David Thoreau, non ?

La femme haussa les sourcils puis les épaules.

— Je m'appelle Amy, dit-elle en lui tendant la main.

Puis, la serrant longtemps, d'une étreinte à la fois forte et douce, elle ajouta :

— Je ne pensais pas avoir encore l'occasion de serrer la main de quelqu'un.

— Votre voiture... elle est loin ?

— Oui, loin. Mais je ne saurais pas t'indiquer où.

— Vous avez aussi perdu la voiture ?

— Perdu, non. Je l'ai laissée puis j'ai marché. Pendant... oh, cinq bonnes heures. J'avais besoin de méditer.

— Mais vous allez la retrouver ?

— Je n'en avais pas l'intention.

Ni de retrouver la voiture ni de serrer des mains. Walden avait un peu de mal à faire le lien. Sans parler des sandales et...

— Quel âge as-tu donc pour vagabonder comme ça avec un fusil sur le dos ?

Bien sûr, il répondit :

— Douze ans, sept mois et neuf jours.

— Voilà qui est précis. Quand on est jeune, chaque jour compte, n'est-ce pas ?

— Oui.

Amy fit un geste vague du bras et se détourna de lui. Walden eut le sentiment déplaisant qu'elle souhaitait se débarrasser de sa présence mais que sa bonne éducation, sans doute, lui interdisait de le lui signaler avec franchise.

— Tu ne m'as toujours pas dit ce que tu fais là. Comment t'es-tu perdu ?

— Je sais à peu près où je suis.

— Tu chassais bien en compagnie de quelqu'un ?

— Je ne chasse pas. J'essaie de sortir de la forêt.

— Oui mais..., grommela Amy en se mordillant la lèvre. Avec qui étais-tu ? Avec ton père ?

Elle posait ses questions d'une voix lasse et pleine d'ennui comme si elle se forçait à accomplir un pénible devoir en se souciant de ce jeune garçon désorienté.

— Mon père m'a laissé dans une cabane, répondit Walden. Je croyais qu'il allait revenir me chercher mais il n'est pas revenu.

— On n'écrit plus ce genre de contes depuis deux siècles, mon petit.

— Je vous jure !

— Il t'a abandonné avec un fusil ? Vraiment ?

— C'est une carabine Remington.

Amy leva la tête. De nouveau, le ciel s'était assombri.

— Il va pleuvoir, dit-elle. Je voulais du soleil, une belle lumière. Je l'avais, tout à l'heure.

Agacé par son attitude, consterné d'avoir croisé le chemin de la seule personne au monde qui ne pût rien pour lui, Walden lança :

— Votre conte à vous est au moins aussi bizarre ! Larguer sa voiture comme ça... Franchement !

— Et ta mère ?

— Elle est partie au Pérou.

Une onde de colère froissa les traits d'Amy.

— Tu te fiches de moi, non ? Qu'est-ce que je suis censée faire ? T'adopter comme un petit chat ?

— Je suis sûr qu'on peut retrouver la voiture. Vous me déposez quelque part et voilà. Je ne vous embêterai plus, promis.

— Sinon je suis un monstre, hein ? Qu'est-ce qui me prouve que...

— Quoi ?

— Baltimore ! Si tu savais ce que j'y ai vu, à Baltimore ! On s'entre-tue pour un paquet de bonbons, là-bas. Alors, une voiture...

— Je peux vous donner la carabine, si vous n'avez pas confiance.

Cette fois, il pleuvait.

— Je n'ai plus de sandales, dit Amy. Mes pieds sont dans un état...

Walden ouvrit son sac, en vida presque tout le contenu. Les baskets étaient au fond.

— J'ai enlevé les vieilles semelles qui étaient dedans mais ça va, on peut marcher avec.

Amy les accepta, sales et raides comme elles étaient.

— Je tiens à peine debout, comment veux-tu...

— On ne peut pas rester là, madame. Même vous. Je ne sais pas ce qui vous arrive mais vous ne pouvez pas rester là.

— Ce qui m'arrive ?

Il y eut un grand sourire triste sur son visage.

— Ce qui m'arrive, ce qui va m'arriver maintenant... ce que je m'en moque, mon garçon.

— À deux, souffla Walden, à deux...

— Tant pis, alors, murmura Amy. Il faut savoir se résigner. C'était écrit comme ça sans doute.

Elle s'assit par terre et enfila les baskets, les noua puis ramassa son minuscule sac de toile. Et c'est ainsi qu'ils partirent vers la forêt, d'abord à tout petits pas. Dès qu'ils furent sous les arbres, une quasi-obscurité se fit.

Pendant quelques dizaines de minutes, Amy boitilla et grimaça mais alla avec une certaine assurance, choisit des sentiers, traversa des clairières. Quand les ombrages se firent plus denses sous le ciel plombé, elle commença à hésiter.

— Plutôt par là, je pense, mais, tu sais, on ne la retrouvera pas avant la nuit. J'ai même peur qu'on ne s'égare. Si tu connais un hôtel bon marché dans le coin, c'est le moment.

Walden fut surpris d'entendre Amy plaisanter. Comme aurait dit son père, elle n'était pas du style à avaler un clown au petit déjeuner.

— J'ai déjà passé la nuit dernière dehors. J'en suis pas mort, fit-il avec une pointe de crânerie.

— Eh bien, dès que tu repères un endroit à ta convenance...

Bientôt, Walden lui désigna un bel entassement rocheux où un ténébreux triangle signalait un abri. De près, le repaire se révéla décevant, étroit et peu profond. Au moins n'était-ce pas la tanière d'un ours. Walden se souvint du lit dans la cabane de rondins, qu'il avait craint de devoir partager avec Jack. L'espace, ici, serait encore plus réduit et la promiscuité plus gênante.

— J'ai une couverture, dit-il. Elle risque d'être un peu trempée.

— Oh et moi...

Le sac d'Amy n'était pas bien grand mais il contenait, pliée au moins cinq millions de fois, une feuille de plastique ultra-fine comme en utilisent les randonneurs. L'installation fut délicate et embarrassante. En se serrant l'un contre l'autre, ils tenaient jusqu'à mi-corps sous le roc. La couverture leur tenait chaud, le film étanche protégeait leurs jambes de la pluie. C'était, finalement, d'un confort inespéré. À peine allongé, Walden fut frappé par une pensée cruciale.

— Est-ce que vous avez un stylo, madame ? Quelque chose pour écrire ?

— Non, je ne crois pas.

— N'importe quoi, même un bout de charbon.

— Du charbon ? Bien sûr, j'en ai toujours sur moi.

Deuxième tentative de plaisanterie. Amy commençait à ressembler à une personne normale.

— Tiens si, peut-être. J'ai de quoi écrire sur ma figure. Un bâton de rouge à lèvres. Une femme reste une femme jusqu'au bout. Je suis partie avec mon bâton de rouge ! Ne me dis pas que tu en as besoin.

— S'il vous plaît. Il faut que j'écrive quelque chose.

Amy se tortilla contre lui et lui plaça l'objet froid dans le creux de la main. Alors, Walden bouscula leur installation précaire, chassa la couverture, s'extirpa de l'abri. Sur le rocher où luisait un miraculeux rayon de lune, il parvint à tracer son inscription : 12a 7m 9j.

Douze ans, sept mois et neuf jours.

Quand il rendit son rouge à lèvres à Amy, la pointe en était tout écrasée.

— Tu es un drôle de garçon, Walden. Walden... ce nom, mon Dieu, quel nom !

Les nuages se ressoudèrent. La pluie, qui tombait plus fort, leur martelait les pieds de façon exaspérante. Tous deux, à cet instant, partageaient à peu près le même état d'esprit. Ils n'en revenaient pas de se trouver là où ils étaient, en compagnie d'un parfait inconnu. Ni l'un ni l'autre n'envisageait sérieusement de succomber au sommeil.

Raide comme une trique, Walden s'efforçait de bouger le moins possible malgré les douleurs qui parcouraient ses muscles meurtris par la randonnée mi-terrestre, mi-aquatique de la journée et les démangeaisons qui se réveillaient dans la tiédeur humide de la couverture.

— Vous venez souvent par ici ? demanda-t-il.

Amy ne répondit pas.

— Et à Baltimore ? insista-t-il.

— Ne me dis pas qu'en plus je vais être obligée de te raconter ma vie !

— S'il vous plaît. Ça fait six jours que je n'ai parlé à personne.

Il oubliait Cheeta et Tarzan, cela valait mieux.

— Quand j'étais plus jeune, je distribuais le *Street Voice* dans les rues. C'est un journal gratuit, rédigé par d'honnêtes citoyens, qui ne supportent plus de vivre dans une ville où il y a deux ou trois cents meurtres par an. Je n'imaginais pas la suite.

Walden sentit la petite femme frissonner contre lui. Mais la suite ne venait pas.

— Qu'est-ce qui s'est passé ?

— Mon fils est mort. D'après ce que j'ai compris, il s'est effondré net dans une salle de shoot de Monroe Street. Au lieu d'appeler les secours, ces salopards se sont débarrassés de lui dans un terrain vague. Quand on m'a prévenue, il était trop tard. Je...

Amy avala sa salive avant d'achever.

— Je ne savais pas qu'il se droguait. Je savais qu'il me volait de l'argent, j'avais même constaté la disparition dans la maison de certains objets ayant un peu de valeur, des choses qu'il revendait, tu vois, mais... Je crains que beaucoup de mères ne soient comme moi. Parfois, on préfère s'aveugler soi-même que d'affronter la réalité.

Le silence qui s'installa alors entre eux était de ceux que rien ne semble pouvoir briser. Comme la respiration d'Amy se faisait plus profonde, plus régulière, Walden supposa qu'elle s'était endormie. Il écouta le ploc ! ploc ! des gouttes d'eau sur la fine protection de plastique, les appels lointains des oiseaux de nuit. La voix lézardée par le chagrin d'Amy lui broya le cœur.

— Mon mari et moi avons quitté Baltimore. Je n'avais plus que lui et il n'avait plus que moi. Il est mort à son tour voilà trois semaines. Alors, maintenant, je n'ai plus personne, plus rien. On perd son enfant, on croit que c'est la fin de tout.

Puis on perd l'homme qu'on aime et, cette fois, c'est vraiment la fin.

Nouveau silence, si lourd.

— D'ailleurs, je n'ai jamais réussi à échapper à cette ville. Nous habitions Portland, près d'ici, dans le Maine. Je travaillais au bureau du substitut du procureur. Difficile de ne pas être au courant de ce qui se passait à Baltimore. Tout ce sang... tant de jeunes tués pour rien... ça n'en finissait pas. Et je ne pouvais pas m'empêcher de le savoir. Chaque fois, je revoyais mon fils. Voilà ma triste histoire, Walden Stephenson.

Quelques longues secondes s'écoulèrent avant que Walden ne réagisse.

— Mais je n'ai pas dit mon nom ! Comment pouvez-vous savoir ?

— Des Walden, il n'y en a pas des milliers, tu me l'as affirmé toi-même. À vrai dire, je n'en connais qu'un.

— Oui mais...

— Dors, maintenant. Nous aurons besoin de forces demain.

Walden ferma les yeux sur un bouillonnement de pensées et d'images. Quelque chose lui échappait, quelque chose de tellement effrayant qu'il contint les questions qui lui dévoraient la langue.

— Amy ? demanda-t-il enfin. Quand vous étiez

tout au bord du précipice, tout à l'heure... est-ce que vous cherchiez votre sandale ?

Il ne reçut pour réponse qu'un curieux petit bruit. Elle riait, un affreux petit rire du nez, plus sinistre que drôle. Puis Walden sentit la main d'Amy prendre la sienne. Ils serrèrent tous les deux, à s'en faire mal.

# DOUZE ANS, SEPT MOIS
# ET DIX JOURS

— Eh bien, tu m'as forcée à te raconter ma vie mais je ne sais toujours pas grand-chose de la tienne, il me semble.

Sa vie ! Amy l'avait résumée en deux phrases. Deux phrases, deux malheurs. Elle avait perdu son fils puis elle avait perdu son mari. La mienne, songea Walden, m'a l'air beaucoup plus compliquée. Ou peut-être est-ce simplement que je n'y comprends rien, je ne comprends rien à ma propre vie.

Ils n'étaient repartis que tard dans la matinée, après que la pluie avait cessé. Ils marchaient côte à côte dans la forêt et la promenade promettait d'être interminable tant Amy avançait lentement. En se levant, elle avait découvert deux pieds gonflés, violacés, où les ampoules avaient doublé de volume pendant la nuit. Walden aurait voulu être certain qu'elle savait où elle allait. Il ne pouvait s'empêcher de lui demander régulièrement :

— Par là ? Vous êtes sûre ?

— Nous avons sillonné cette forêt cent fois, mon mari et moi. Allan était un excellent marcheur, j'étais obligée de lui courir après. Tu ne m'as pas dit un mot de ta mère, Walden. Tout ce que je sais, c'est que ton père t'a abandonné dans une cabane de rondins avec une carabine et une batte de base-ball.

— Et trois ou quatre boîtes de conserve. Et les livres de Thoreau. Et un pigeon.

— Merveilleux. Qu'as-tu mangé en premier ?

Finalement, cette femme ne manquait pas d'humour. En fait, plus elle avait mal aux pieds, moins elle se laissait aller à des pensées sinistres. Ce matin, elle présentait un masque moins grave et Walden la sentait plus soucieuse que triste.

— Quand ma mère est partie, j'ai pleuré pendant un mois, dit-il. Mais, au fond, ça valait peut-être mieux. Mon père et elle se disputaient tout le temps. Et quand mon père est furieux, il devient violent, alors...

Walden fut satisfait d'avoir posé les choses d'un ton détaché, avec des mots d'adulte.

— Il la battait ?

— Ouais, je crois bien.

— Je me demande parfois s'il existe des gens pacifiques à Baltimore, remarqua Amy. Et pourquoi, si ce n'est pas indiscret ? As-tu compris la cause de ces disputes ?

— Je suppose que c'était moi. D'après ce que j'ai entendu certains jours, oui, je pense. Mais je n'ai rien fait de mal, vous savez. Je ne me drogue pas, je ne me bagarre jamais. Mon père trouve même que je suis une mauviette. Je regrette vraiment qu'il ne m'ait pas vu descendre les rapides, il aurait peut-être changé d'avis. Est-ce que vous pensez que je suis une mauviette, vous ?

— Non, certainement pas. Et que te reprochaient-ils, en ce cas ? Ton père, ta mère, tes parents ?

Walden s'immobilisa net au pied d'un pin blanc haut de trente bons mètres car la question méritait réflexion.

— Je crois que mon père avait peur pour moi, dit-il enfin. Il accusait tout le temps ma mère de ne pas prendre assez de précautions. Et maman répondait qu'on ne pouvait pas m'attacher comme un chien.

— Je ne peux pas donner complètement tort à ton père. Dans cette ville...

Walden shoota dans une canette vide sous l'impulsion d'un brusque agacement.

— On vivait dans un quartier tranquille ! Tous

les gens ne se font pas tuer, à Baltimore, quand même !

— Si j'avais su, le mien, je l'aurais attaché, mon pauvre Stephen.

— D'ailleurs, quand on s'est retrouvés seuls avec papa, ça s'est calmé. Sauf ces derniers temps.

— Que s'est-il passé ces derniers temps ?

— Bon, pas tout à fait ces derniers temps. Plutôt il y a quelques mois. Ça a recommencé comme avant. Mon père est redevenu super nerveux, à toujours s'inquiéter pour moi. Je vous dis pas le nombre de fois où j'ai aperçu sa voiture près de la sortie de l'école, comme s'il craignait qu'on me kidnappe ou je ne sais quoi. On risque pas de la rater, vous voyez. Une vieille Chevy rouge cerise.

— Oui, la Chevrolet, murmura Amy.

— Pardon ?

— Rien. Un vilain souvenir.

— Y avait le téléphone qui sonnait en pleine nuit, dit Walden. Presque toutes les nuits.

— Par là, fit Amy en désignant une longue montée plantée d'arbustes aux feuilles roussies par l'automne. J'ai l'impression d'avoir retrouvé mon chemin, Walden. Je ne suis pas peu fière de moi.

Mais Walden poursuivait sa pensée.

— Depuis un mois ou deux, il est devenu encore plus bizarre. C'est-à-dire encore plus nerveux, encore plus inquiet. Mais il a arrêté de mettre les quatre-vingt-douze verrous et les soixante barres de protection. Pourtant, le téléphone, c'était de pire en pire. Papa a fini par le débrancher. Mais je voyais bien qu'il recevait aussi des trucs bizarres sur son portable.

— Il te donnait l'impression d'avoir de plus en plus peur et de ne plus prendre autant de précautions ?

— Exactement. Et c'est là qu'il m'a largué tout seul dans la forêt.

— Et tu n'y comprends plus rien.

— Non.

Amy lui indiqua une nouvelle canette cabossée, puis un sac en plastique chiffonné par le vent puis un vieux sachet de chips presque enterré dans une flaque de boue. Il y avait aussi des filtres de cigarettes et un os, sans doute un os de poulet.

— Je crois que nous n'allons pas tarder à retrouver la civilisation, mon ami. Les gens sont répugnants.

Walden était resté en arrêt devant la boîte de soda vert et bleu (du Sprite). Pour un peu, il l'aurait ramassée et l'aurait secouée au-dessus de sa bouche. Quelques gouttes, rien que quelques gouttes.

— J'en peux plus. J'ai trop faim et trop soif.

Ils n'avaient trouvé en chemin qu'un buisson

de mûres puis Walden ne savait quelles fleurs, qu'Amy prétendait comestibles. Tout lui était bon pour faire une pause et soulager ses pieds.

— Courage ! Ma brave Panda ne doit plus être très loin. J'y garde toujours une bouteille d'eau. Avec un peu de chance, il me reste aussi des tablettes de chewing-gum à l'eucalyptus.

Ils enjambèrent un ruisseau que survolaient des libellules. Au-delà, les bois s'éclaircissaient.

— Tu ne l'as jamais revue ? Ta mère, tu ne l'as pas revue depuis qu'elle a quitté la maison ?

Walden s'était baissé pour remplir enfin sa gourde.

— Non. Je sais qu'elle m'a écrit mais mon père pique les lettres. Elle ne reviendra jamais. Je veux dire... je pense que c'est vraiment fini entre elle et lui. Mes parents, quoi. Mais mon père m'a dit plusieurs fois d'être patient et que je pourrais la revoir quand tout ça serait terminé.

— « Tout ça ? »

— Ouais. Mais ne me demandez pas quoi. Je ne sais pas ce que c'est, « tout ça ».

Walden réprima un sanglot venu sans crier gare, probablement d'une région de son ventre qu'il avait négligé de surveiller.

— Pour commencer, je voudrais bien revoir mon père.

L'envie d'accomplir un geste d'homme le

dévorait. Empoigner la carabine, viser, tirer sur quelque chose, n'importe quoi. Il avait besoin de montrer à Amy qu'elle ne marchait pas à côté d'une mauviette, d'un môme abandonné dans une cabane comme une vieille chaussette. Il y avait forcément une explication à « tout ça ». C'était ce moment qu'il attendait. Revoir son père, d'accord, mais surtout pousser un bon soupir de soulagement et partager avec lui un grand rire : ah ! c'était ça, « tout ça ». Comprendre.

— Tu vois, je pense que nous arrivons à la piste. Ça me fait tout drôle.

— Quoi ?

— L'idée que je vais retrouver cette guimbarde, monter dedans, mettre le contact, repartir... repartir... mais où, Seigneur ? Et pourquoi ?

— Amy ?

— Oui ?

— Amy... il faut vraiment que je sache. Hier...

— Non, tais-toi.

Walden secoua la tête et attrapa la petite femme par la manche de sa veste légère.

— Vous étiez vraiment près du bord. Sans blague, j'ai cru que vous cherchiez votre deuxième sandale. Mais vous vous êtes moquée de moi quand je l'ai dit.

— Tu as parfaitement raison. Je l'ai jetée par là. J'en avais déjà jeté une, que tu as trouvée. Et celle-là... c'était comme une offrande au mont Katahdin.

— Qu'est-ce que vous vouliez lui offrir ?

— Mes souffrances, toutes mes souffrances. Et, à ce moment-là, rien ne me faisait plus mal que mes malheureux doigts de pied.

Amy grimaça.

— Si je m'étais doutée ! Tout de suite, mon garçon, si tu savais ce que j'endure depuis ce matin... alors, tout de suite, pour accueillir ces souffrances-là, il me faudrait au moins l'Himalaya.

— Amy... est-ce que vous alliez le faire ? Je crois bien que vous aviez l'intention de sauter, non ?

— C'est pour cette unique raison que j'étais venue, Walden. Les sandales n'auraient pas suffi. J'avais un peu plus à donner.

Le visage de Walden s'éclaira.

— Je vous ai sauvé la vie, alors !

— Non. Tu m'as volé ma mort.

— Oh ! mais maintenant, vous ne regrettez pas, hein ?

— Je ne sais pas trop. J'ai rencontré un petit jeune homme qui m'accapare depuis des heures, alors je n'ai pas eu le temps d'y réfléchir sérieusement. Tiens, je te le disais, c'est la piste.

Walden contempla cette allée droite et terreuse

dont les deux extrémités se perdaient parmi les grands arbres mais, bien sûr, il ne pouvait la reconnaître.

— Qu'en penses-tu ? Es-tu passé par là avec ton père ?

— Peut-être. Il faisait presque nuit.

« Et au début, j'avais les yeux bandés. »

Amy s'assit sur un talus et ôta les baskets. Ses pieds étaient affreux, mauves ici, jaunes là, avec des morceaux de peau décollés. Walden s'était un peu éloigné. Il n'avait bu que quelques gouttes à la gourde, méfiant à l'idée de tout ce que les promeneurs avaient pu déverser dans le ruisseau. Il songeait à la bouteille d'eau dans la Panda et se demandait si un chewing-gum l'aiderait à supporter la faim. L'instant d'après, il n'y pensait plus. Il s'était accroupi et contemplait les traces creusées sur une bande de terre encore humide des pluies de la veille, à l'ombre d'un tilleul.

— Oui, j'en suis sûr, maintenant ! cria-t-il. On est passés par là.

— Quelle est donc cette découverte ?

Répondant aux signes de Walden, Amy s'approcha en disant :

— Je vais finir comme ça, pieds nus. Ça ne pourra pas me faire plus mal. Sauf erreur, c'est de ce côté. Encore un bon quart d'heure de marche, je présume.

Elle se pencha, jeta un coup d'œil et se redressa dans un grognement douloureux.

— Eh bien, tu lis dans les empreintes de pneus, à présent ?

— C'est elle, Amy. La Chevy. L'Impala de mon père. C'est la même piste. On est passés par là.

— Ça n'aurait rien d'étonnant mais je doute que tu puisses identifier une voiture de cette façon. Tous les pneus se ressemblent.

— Oh ! non, c'est parce que vous n'y connaissez rien. La Chevrolet de mon père a des pneus extra-larges, il a un mal fou à trouver des rechanges. Je ne peux pas me tromper. C'est des Z-rated de 255 millimètres. On peut dépasser les 150 miles à l'heure avec des Z-rated.

— Très bien, très bien. Et il est le seul au monde à en posséder, naturellement.

— Je ne dis pas ça. Mais je *sais*, Amy. Il n'y a rien de plus important pour lui, vous comprenez. Sa Chevrolet. À part le base-ball, et encore.

— Même pas toi, je vois.

Walden haussa les épaules.

— La Chevrolet, murmura-t-elle, la Chevrolet. Oh ! Seigneur.

— De toute façon, dit Walden, il n'existe pas des milliers de pistes dans ce genre. On a bien pu arriver par là.

— Si tu réfléchissais...

— Quoi ?

— Tu vois bien que le sol est boueux et que ce sont des traces fraîches. Quel jour t'a-t-il conduit à cette cabane ?

— Eh bien, j'avais...

« Douze ans, sept mois et trois jours. »

Walden n'aurait su préciser quel jour de la semaine on était. Depuis qu'il se trouvait seul, le temps était marqué par ce seul compte : celui de son âge qui défilait par tranches de vingt-quatre heures. Du troisième jour au onzième.

— Alors ? insista Amy.

— Qu'est-ce que ça fait ?

— Je te dis que ces traces sont fraîches. Ce ne sont pas celles de l'autre fois. Les autres ont été effacées depuis longtemps, j'imagine. Il a pas mal plu.

Un immense sourire éclaira la figure de Walden.

— Il est revenu ! Vous avez raison ! Oui ! Oui !

— Attends...

— Mais si ! Il croit me faire une surprise mais c'est moi qui vais lui en faire une. Il me cherche, vous comprenez.

Walden se mit à quatre pattes pour examiner les empreintes de plus près, les suivit pendant quelques dizaines de mètres.

— Je crois qu'il est parti dans cette direction ! cria-t-il. La cabane est sûrement de ce côté. C'était bien mon impression, de toute façon.

— Attends, répéta Amy.

La tournure des choses ne lui plaisait pas, elle ne savait que dire ni que faire.

— Tu as le ventre vide. Moi-même, je me sens près de tomber raide.

Elle l'entraîna dans la forêt, pour qu'il ait le loisir de s'éclaircir les idées, trottinant comme une souris sur ses pieds meurtris. Il restait toujours ici ou là quelques mûres accrochées aux ronces. Amy indiqua de vilains champignons qui étaient bons à manger mais qu'il fallait cuire. Ils vidèrent finalement la gourde et se rafraîchirent ainsi, assis côte à côte sur un banc de mousse.

— Pourquoi ton père t'a-t-il appelé comme ça, Walden ?

— Parce que Thoreau a construit sa cabane de ses propres mains et fait pousser des haricots qu'il vendait au marché.

— Oh !

— Papa dit que c'est un vrai Américain. Qu'il avait ses opinions bien à lui et que personne ne pouvait le faire dévier d'un pouce. Un homme capable de se débrouiller tout seul et que rien ne pouvait abattre. C'est ce que j'ai compris.

— Moi, je me demande si Thoreau s'intéressait

vraiment à ses semblables. Je ne suis pas sûre qu'il ait jamais aimé une femme, par exemple. Alors, tu es décidé ? Nous nous séparons ici ?

— Ça n'a rien à voir avec vous. Je dois retrouver mon père.

— Pour prouver que tu es comme Thoreau ? Que tu peux te débrouiller tout seul et que rien ne te fait dévier d'un pouce ?

Amy marchait lentement, très lentement, mais ce n'était plus en raison des ampoules qui martyrisaient ses pieds. Elle s'efforçait de retarder le moment de la séparation, dans l'espoir peut-être que Walden viendrait à réfléchir.

— Parfois, j'ai l'impression qu'il me méprise, dit Walden. Je crois que c'était comme une épreuve. La cabane, tout ça. Il faut que je réussisse. Si c'est moi qui le trouve et pas le contraire, il sera bien attrapé. Il sera obligé d'admettre que j'ai réussi.

— Oui, oui, dit Amy d'un ton sérieux. Tu joues quelque chose de très important. J'espère que tout se passera bien.

Ils étaient au milieu de la piste, à présent, et sur le point de la suivre, chacun de son côté. Amy prit entre ses mains la tête de l'enfant.

— Jack Stephenson est un assassin, Walden, il faut que tu le saches. Si tu l'ignores, il fallait que quelqu'un te l'apprenne un jour.

— Oh ! mais pourquoi vous dites ça ? Et... comment vous connaissez son nom ? C'est mon père, Amy. Il m'aime. Il m'aime. Il a des côtés vache mais il ne me ferait pas de mal. Vous vous trompez. Il m'aime.

Amy écrasa de l'index une larme qui gonflait au coin de l'œil droit de Walden. Elle souriait mais son visage restait grave.

— Je n'ai jamais dit le contraire.

Puis elle ajouta :

— Puisque tu es un homme. Les hommes ont le droit de savoir certaines choses.

Walden devant elle tremblait comme une feuille.

— Ou alors... peut-être que tu n'es encore que le petit garçon que je vois là. Pardonne-moi, je n'aurais pas dû. Je ne voulais pas t'effrayer. Tu n'as aucune raison d'avoir peur de ton père, j'en suis convaincue. C'est à lui de te dire la suite, de t'apprendre ce que tu ignores. Jack Stephenson voudrait que tu sois un homme mais en est-il un lui-même ? Si Jack Stephenson est un homme, il t'expliquera ce que tu dois savoir.

— Est-ce à cause de maman que vous dites toutes ces choses ? Parfois, il m'arrive de me poser des questions vraiment horribles.

— Non. Je ne sais rien de ta mère.

Amy s'étira, fit bouger ses orteils gonflés sur la terre caillouteuse.

— Je ne sais rien, répéta-t-elle. Leur histoire leur appartient.

— On dirait pourtant que vous nous connaissez. Est-ce que nous ne nous sommes pas rencontrés par hasard, Amy ?

— Par le plus grand des hasards, il me semble.

— On ne peut pas deviner comme ça le nom des autres. L'année dernière, mon père a mis un bout de ruban adhésif sur la boîte aux lettres, pour masquer notre nom. Même les gens qui passent devant chez nous ne peuvent pas savoir comment on s'appelle.

— Sans doute que je suis une sorcière.

— J'ai horreur des histoires de sorcières. Je n'y crois pas une seconde. Je préfère les livres documentaires sur les animaux ou sur la nature.

— J'ai quitté Baltimore depuis longtemps mais, comme je te l'ai expliqué, rien de ce qui s'y produit d'important ne m'échappe. Il m'arrive de regretter que le bon Dieu ne m'ait pas faite sourde et aveugle. Surtout quand il s'agit d'un enfant.

— Amy, je...

— Décide-toi, maintenant. Viens-tu avec moi jusqu'à la voiture ?

— Non. Il faut que je suive la piste. Je suppose que mon père m'attend à la cabane. Il m'avait interdit de m'en éloigner, vous comprenez. Il va être furieux mais tant pis. Je vais l'épater, c'est ça le plus important.

— Es-tu sûr de la retrouver ?

— Oui, à peu près. Mais je ne sais pas à quelle distance elle est. Peut-être cinq miles, peut-être plus.

— Veux-tu que j'essaie de t'y accompagner ?

— Merci, Amy, mais...

— Tu veux y parvenir seul.

— Oui, pas...

Walden se mordit la lèvre et se garda bien de terminer la phrase qui lui était venue à l'esprit. Quelque chose dans le genre : « Pas déposé dans la clairière par une voiture de gonzesse. »

— Dans une voiture de gonzesse, dit-elle.

Décidément, cette femme lisait dans les pensées.

— Vous en faites pas. J'ai le flingue et la batte de base-ball.

— D'accord. Tâche de ne pas commettre trop de ravages.

Elle hésita, et lui dit :

— Adieu, petit homme.

Elle avait pris le visage de Walden entre les paumes à la fois sèches et douces de ses mains et s'était penchée. Elle n'était pas beaucoup plus grande que lui. Eh bien, avant de tourner le dos et de partir dans la direction qu'elle estimait être celle de sa Ford Panda, elle avait posé un baiser léger sur ses lèvres.

Walden commençait à croire aux sorcières. Amy n'avait pas seulement deviné son nom et celui de son père, Stephenson ; elle ne l'avait pas seulement appelé petit homme, comme on agrafe une médaille au plastron du héros ; elle l'avait embrassé, embrassé comme une femme embrasse un homme. Walden réfléchissait tout en marchant sur un bord de l'allée. Il s'octroya, malgré l'absence de preuves, le brochet de trois livres. Puis voilà maintenant qu'il avait embrassé une fille (une femme, en vérité, sur l'âge de laquelle, en garçon bien élevé, il ne ferait pas de commentaires). Rien n'aurait pu lui ôter l'idée qu'il était sur la bonne voie. « Oh ! et avant, figure-toi que je lui ai sauvé la vie, faudrait que tu la rencontres, elle s'appelle Amy. » Ça, c'était le super bonus.

La lumière déclinait. La soirée commençait à peine mais le ciel se couvrait une nouvelle fois de nuées et, surtout, la forêt autour de lui s'épaississait, serrant la piste de ses rangs opaques. Walden avançait avec précaution, le regard fixé sur le terrain qu'il parcourait. Fort visibles pendant quelques centaines de mètres, les empreintes des Z-rated finissaient par s'effacer. Quand il parvint à un espace largement ouvert aux vents, où la piste était tapissée d'une couche de feuilles mortes, elles disparurent tout à fait. Mais une volonté obstinée l'animait. Et sa confiance fut récompensée. Un peu plus loin, dans un fouillis d'ombres, il les repéra de nouveau, plus profondes que jamais dans le lit de boue où de hauts feuillages s'étaient égouttés.

Il ne s'était pas pressé, savourant chaque enjambée. Maintenant, il traversait une sorte de tunnel clos par un entrecroisement de branchages, où se faisait une inquiétante obscurité. Il avait beau se dire qu'il en avait vu d'autres, qu'il avait passé une nuit entière seul dans le Maine sauvage, rien ne pouvait étouffer les bouffées d'angoisse qui accompagnaient chacun de ses pas. Tant de petits bruits, tant de formes cachées, dont la nature et l'origine demeuraient inconnues. Il fit glisser la lanière qui lui sciait l'épaule et empoigna la Remington.

Walden suivait des traces si fraîches que ses bottes s'enfonçaient dans la terre modelée par les pneus. Il avait cessé de les examiner. C'était comme s'il allait, tranquille, à l'arrière de la vieille Impala et se laissait tirer. Il préférait surveiller les bas-côtés, les taillis, les fourrés. Le canon de la carabine pointée de droite ou de gauche, il défiait les fantômes de la nuit de quitter leur tanière.

Il scrutait avec tant d'attention ce qui ne se trouvait pas directement face à lui qu'il ne la vit pas arriver, tout là-bas, au fond de l'interminable tranchée ouverte dans la forêt et ne fut alerté que par le ronron familier du moteur. Encore ne réagit-il pas tout de suite car cela faisait de longues minutes qu'il s'imaginait calé dans un siège de la voiture, à la remorque des quatre roues. Cette mécanique, qu'il eût reconnue entre mille, il l'avait déjà dans les oreilles.

Pour l'instant, ce n'était qu'une masse indistincte, pareille à un gros insecte bourdonnant posé au bout des lignes obscures du paysage. Le véhicule semblait alors englué dans une poche noire dont il ne parviendrait jamais à s'extirper. Puis, au hasard d'une trouée dans la couverture nuageuse, il traversa une flaque de clarté pâle. Alors, Walden n'eut plus le moindre doute. Il lui avait suffi de happer un bref reflet pour identifier la robe *dark cherry metallic* de la Chevrolet Impala 1995. Or, pour lui, il n'en existait pas deux au monde.

Walden se planta bien au milieu de la piste, tenant à deux mains la carabine au bout de ses bras levés, dans la posture de certains héros de films de guerre dont il avait le souvenir. Son père approchait et, déjà, il se torturait la cervelle, en quête de ce qui apparaîtrait comme les bonnes répliques, les attitudes justes (du sentiment, de l'émotion, mais pas trop, une bonne blague, c'était bien et ça faisait oublier la larme, un petit côté blasé ne gâtait rien, le hochement de tête, lèvres serrées, clôturait l'affaire en beauté).

Enfin, la Chevy surgit dans toute sa splendeur, comme neuve sous la caresse miroitante de la nuit. Jack Stephenson serait toujours Jack Stephenson. Il conduisait à trop vive allure sur ces chemins défoncés d'où les Z-rated faisaient jaillir les cailloux dans des gerbes de fumée. Tous feux éteints, naturellement.

— Papa !

Walden sautillait tandis que l'Impala fonçait sur lui à la façon d'un taureau furieux. « Papa ? » Il distinguait clairement le Stetson incliné sur l'avant du crâne et, lui sembla-t-il même, les mains gantées sur le volant. La voiture ne ralentissait pas. « Papa, tu me vois ? »

La voiture ne ralentissait pas.

Et même, Walden eut soudain l'impression horrible, terrifiante, incompréhensible, qu'elle accélérait encore. À quelques dizaines de mètres de lui, son père accélérait.

— Pa... oh !

Il s'écarta juste à temps et tomba dans un fossé garni d'épines et de tiges drues qui lui labourèrent les flancs. Un coup violent l'étourdit, c'était la crosse patinée de la Remington contre sa tempe. Quand il se redressa, la Chevrolet était passée.

— Papa, tes phares...

Il ne pouvait encore admettre que son père l'eût vraiment aperçu, lui qui pourtant se dressait droit sur sa route. Et maintenant, désespéré, il s'attendait à voir disparaître la voiture dans les ténèbres, convaincu que s'il la perdait des yeux, jamais plus elle ne reviendrait. Mais un formidable grincement de freins lui annonça la manœuvre qu'il espérait. Il entendit le bruit des roues qui chassaient dans la terre meuble de la piste. Jack faisait demi-tour. Ce ne fut pas sans fracas, comme l'arrière de la vieille Chevy balayait quelques arbrisseaux poussés en bordure de la voie.

Que faire ? Walden se souvint brusquement d'un objet oublié au fond de son sac, qu'il n'avait pas même songé à en extirper quand il errait dans la forêt assombrie, pas davantage quand il avait voulu tracer quelques signes sur un rocher avec le bâton de rouge à lèvres d'Amy. La lampe de poche laissée par Jack et qui, aux dernières nouvelles, n'émettait plus qu'un faisceau maigre et asthmatique. Ses gestes furent plus rapides que sa pensée. En un instant, le contenu du sac gonflé à craquer fut répandu sur la couverture qui y tassait le tout, entre la carabine et la batte de base-ball.

Walden se tenait sur la bordure du chemin, le dos presque contre le tronc rugueux d'un bouleau blanc, la torche dans le prolongement du bras, tel le sabre laser de Dark Vador. Il n'éclairait pas grand-chose mais le conducteur ne pourrait manquer cette fois de remarquer sa présence. D'ailleurs, ne revenait-il pas dans sa direction ? Pourquoi donc...

La bagnole ferraillait bizarrement. Walden, qui la connaissait par cœur, n'ignorait pas sa vieille faiblesse, au niveau des amortisseurs. Probable qu'elle avait touché un obstacle avec un brin de rudesse ; elle paraissait racler le sol. Elle roulait tout à droite, maintenant, du côté où Walden se trouvait. Son pare-brise n'était qu'un puits obscur au fond duquel oscillait le Stetson. On eût dit que le chapeau flottait au-dessus d'un corps privé de tête.

Enfin, la Chevrolet ralentit. Walden, qui malgré tout se tenait sur ses gardes, s'autorisa un bref sourire. Il agita la main mais le pauvre pinceau de lumière tremblotante ne perça pas les ténèbres de l'habitacle. Son œil accrocha le canon de la Remington. Walden se baissa prestement pour la ramasser, de crainte que les roues ne l'écrasent. À cet instant précis, un court rugissement du moteur lui indiqua que l'Impala montait en régime. Le capot était proche à le toucher.

Il fit un bond en arrière mais ne put éviter d'être heurté au coude, douleur vive, intense (peut-être le gros rétroviseur). Déséquilibré, il tomba à la renverse dans les griffes d'un taillis aux rameaux bien secs.

Cette fois, plus aucun doute n'était permis. Sauf que Walden n'était pas encore disposé à envisager l'inimaginable. Il n'y avait dans son esprit qu'un seul agresseur possible, la voiture, la Chevrolet devenue folle. Son conducteur était passé devant lui comme une ombre. Il ne l'avait pas identifié, il n'aurait même pas pu certifier qu'il y avait bien quelqu'un sous le large chapeau de feutre. C'était la Chevy, la grosse carcasse *dark cherry metallic* dont il avait si souvent imploré le retour. Voilà qu'elle était là, comme s'il l'avait fait apparaître à force de prières ; un monstre né de la nuit, sauvage et vorace ; une bête venue dévorer celui qui l'avait invoquée.

Elle s'était retournée de nouveau, elle grattait la terre et, il le savait, elle s'apprêtait à reprendre son élan. Elle l'appela même cette fois, lançant un coup de trompe ironique du cœur des ténèbres avant de faire donner la pleine force de ses chevaux mécaniques.

Walden avait reculé, cherchant la protection

de la forêt. Il avait jeté la carabine pour empoigner la batte de base-ball, qui paraissait plus appropriée au duel barbare qu'on l'invitait à livrer. Les phares énormes de la Chevrolet lancèrent trois brefs traits de lumière. Elle le cherchait.

Il s'était cru à l'abri parmi les troncs éparpillés, les taillis, les souches, les rochers, mais rien n'intimidait la voiture. Il comprit qu'elle allait entrer dans ce sous-bois clairsemé et qu'elle se jouerait des obstacles. La voiture franchit d'un bond fossés et talus, plia sous sa masse quelques frêles rejets, écorça le tronc d'un hêtre, fut à deux doigts d'emboutir un pin drapé d'immenses branches chargées de longues aiguilles.

— Il y en a des millions, des millions ! hurla Walden.

Mais le Maine soudain s'était rétréci aux dimensions d'un cruel terrain de jeu. La Chevrolet le traquait. Il se pensait en sécurité entre deux arbres et voilà que son museau surgissait. Elle grondait, elle bavait des vapeurs d'essence par un trou percé quelque part. Walden eut l'impression de la voir se gonfler à éclater dans une bouffée scintillante tombée de la lune.

Il buta contre une grosse pierre à demi enterrée, se vautra dans les brindilles mortes, se releva juste à temps pour sauter de côté. L'aile cerise lui caressa la jambe.

Walden ne put retenir son geste, sacrilège, offense suprême. Son coup partit de la hauteur des hanches et il frappa de toute la puissance de ses muscles douloureux. La tête de la batte heurta la vitre latérale évoquant un profil d'oiseau au moment où filait devant ses yeux la découpe d'un visage coiffé du Stetson, pareil à une ombre chinoise. Un nez, un menton, comme esquissés au fusain, pas davantage.

Son hurlement reçut en écho quelques cris nocturnes, lancés depuis les plus hauts faîtes. La Chevy se débattait dans un trou où ses roues patinaient, éjectant cailloux, terre sableuse et copeaux de bois. Au moment où elle repartit à l'assaut, une pluie de verre dégringola de son flanc. Walden en aurait pleuré.

— Papa, non ! Papa, je t'en prie, arrête-la !

L'énorme carcasse revenait, plus menaçante et déterminée, presque méconnaissable. Son capot s'était soulevé à demi et son toit disparaissait sous les branches arrachées. Ainsi camouflée, elle faisait penser à un soldat qui sort de la tranchée quand retentit le signal de la charge. De nouveau, elle rugit. Walden la vit gravir un monticule puis basculer dans un sentier étroit et tortueux. Il s'était placé derrière un trio de bouleaux blancs, sûr que la voiture ne pourrait pas franchir ce barrage. Mais voilà que la Chevrolet s'éloignait, qu'elle contournait la difficulté et s'apprêtait à le prendre à revers. Et elle finirait par le coincer, c'était évident.

La voiture bondit au moment où il s'y attendait le moins, avec une vivacité surnaturelle. Une haleine noire enveloppait toute sa partie arrière. Elle hurla, lança une fois encore deux ou trois traits lumineux puis fonça dans le grand désordre du décor sans se soucier de ce qui encombrait sa route. Un bruit sourd fut suivi d'une cataracte métallique ; la Chevrolet apparut hérissée de fils barbelés et traînant un pieu qui labourait le sol.

Walden courut d'un tronc à l'autre à la façon du batteur qui cherche à atteindre la sécurité de la base la plus proche avant que la balle ne revienne. Mais, aujourd'hui, tous les coups étaient permis. Sans doute aurait-il pu détaler et se réfugier dans des zones inaccessibles pour un véhicule de cette taille. Une force obscure le retenait là et l'obligeait à poursuivre l'affrontement. Le sentiment qu'il s'agissait pour lui de l'ultime épreuve, de la dernière marche à franchir pour accéder à l'état d'homme. Il ne pouvait fuir devant son père. Or, Jack Stephenson, à cet instant, lui semblait l'âme de la mécanique furieuse qui le traquait sans pitié. Walden ne comprenait pas, n'avait aucune idée de ce qui avait engendré cette situation démente. Il savait simplement qu'il lui fallait faire front, faute de quoi il se produirait quelque chose d'encore plus terrible.

Il devait terrasser la bête. Se montrer plus rapide, plus fort, plus malin. Sortir grandi, sortir héros. Alors, tout s'expliquerait.

La voiture, déjà, était bien amochée. Elle haletait, elle gémissait, elle souffrait. Ses essieux ployaient. Walden fonça vers un tronc d'une belle circonférence, s'y adossa deux secondes pour reprendre son souffle. Un bref éclair lumineux l'avertit que la Chevrolet n'avait pas renoncé à le débusquer. Au passage, il nota que le phare avant gauche était cassé. Walden feignit de partir vers le ruisseau où il avait puisé une eau qu'Amy et lui avaient bue avant de se reposer sur un rocher moussu, mais sa décision était prise : il allait bifurquer en direction de la piste et prendre position là où, pourtant, il serait le plus vulnérable. Un énorme craquement lui signala que la Chevrolet le suivait avec une imperturbable détermination. Il échappa de peu à la pluie de branches et de pommes de pin.

Il était ressorti de la forêt plus loin qu'il ne l'avait estimé du lieu où gisaient ses quelques affaires. Il mit dans cette course toutes les forces qui lui restaient. Enfin parvenu à destination, il plongea et ramassa son gant de base-ball. Les pierres ne manquaient pas. Il en choisit une et se retourna. Une jambe avancée, légèrement fléchie, le bras en extension... dans l'urgence, les gestes justes lui venaient. Là-bas, la Chevrolet avait sauté le talus puis dérapé de l'arrière sur toute la largeur du chemin avant de manifester ses intentions d'un rugissement puissant.

Son lancer fut parfait, même la batte de Cal Ripken Jr n'aurait pu que fouetter le vide sans seulement effleurer le projectile. À l'instant où le pare-brise explosait, la voiture lancée à pleine vitesse fit un écart. Walden, qui avait plongé, sentit la tôle lui mordre la cuisse. Mais la voiture, déjà, avait zigzagué sur plus de cent mètres. Le monstrueux beuglement des freins précéda un périlleux dérapage. La Chevrolet s'était arrêtée en travers de la piste. Derrière la vitre pulvérisée, le Stetson était tombé et seul se distinguait encore le vague contour d'une tête animée d'un hochement.

La Remington était à ses pieds. Walden s'en empara, la leva, sentit céder ses genoux tremblants. Ses doigts le brûlaient et aussi sa nuque et son front, tout son être s'effondrait à l'approche de l'inconcevable. Les roues de la Chevrolet bougèrent, braquées vers lui, lentement, oh ! si lentement. Elle acceptait le défi.

Il tira, il tira sans viser, comme il avait tiré sur le vieux Tarzan, trop haut, trop à gauche, enfin il ne le sut jamais. Il vit des bras s'agiter dans le gouffre sombre de l'habitacle. La voiture tournait, la voiture renonçait. Elle s'éloigna puis de gros yeux rouges s'allumèrent au bas de la caisse. Ralentissement. Hésitation. Walden s'apprêta à devoir tirer de nouveau. Les pneus. Le carburateur. Mais que se passerait-il s'il ôtait à la voiture sa capacité de rouler ? Aucune perspective ne lui semblait plus terrifiante que d'en voir sortir quelqu'un. *Quelqu'un.*

Les feux s'éteignirent, clignotèrent puis la masse de l'Impala 95 se fondit en brinquebalant dans la nuit. Walden demeura un long moment immobile, l'arme serrée à deux mains, à scruter le tunnel impénétrable de l'allée, parcouru de frissons. La Chevrolet, pensait-il, s'était éloignée en direction de la clairière et de la cabane de rondins. Une brève seconde de relâchement eut raison de lui. Ses jambes flageolèrent, ses pieds serrés dans les hautes bottes de draveur s'engourdirent, et ce fut soudain comme si on lui avait coupé tout le bas du corps. Il s'effondra sur place et, la tête dans les bras, éclata en sanglots.

Bien plus tard, il se traîna jusqu'à la piste où les larges Z-rated avaient creusé de profonds sillons. Il effaça du revers de la main toute une portion sculptée par le travail des pneus. Alors, il traça dans la terre ses propres signes : 12a 7m 10j.

Douze ans, sept mois et dix jours.

Il tituba jusqu'à la forêt et se laissa tomber dans un creux humide et frais, priant pour qu'aucun élément de sa personne ne dépasse. Protection illusoire, cachette absurde, mais il se sentait incapable d'accomplir un pas de plus. Le froid, la faim, la terreur s'étaient tous ensemble abattus sur lui. Il grelottait. Il n'y avait plus rien dans ses pensées, ni espoir, ni désir. L'idée qu'il était sorti vainqueur du combat ne lui procurait aucun plaisir.

Il ne s'endormit pas mais eut cependant le sentiment d'un éveil en sursaut. Son cou se tordit, sa tête se redressa avant qu'il n'ait identifié la cause de l'alerte. C'était un lointain bruit de moteur. Il songea d'abord à se pelotonner plus profondément dans son trou, à se terrer comme un stupide petit animal, une de ces bêtes qui font les proies les plus faciles. Il n'avait tout simplement pas le courage de se mettre debout.

Walden fut surpris de se retrouver sur ses pieds. Il ne se souvenait pas d'en avoir pris la décision, pas même d'avoir accompli les mouvements. Il y avait à l'intérieur de lui un petit bonhomme qui agissait à sa place. Il avait lu dans un livre qu'on appelait ça l'« instinct de conservation ». Il faisait nuit noire à présent et branches basses et rameaux égarés barraient son chemin. La rumeur mécanique ne cessait d'enfler.

Il buta contre quelque chose. La Remington. Il ne se rappelait pas l'avoir abandonnée ainsi. Guidé par le ronronnement du moteur plus que par ses yeux, il se rapprocha de la piste. D'un talus, il aperçut le halo des phares. La voiture semblait rouler à très faible allure. Il repéra sa batte de base-ball, dans l'herbe près de la couverture et du sac de sport. Décida de l'ignorer. Il vérifia que la carabine était prête à tirer. Son père lui avait laissé une douzaine de cartouches en .243 Winchester. Si ses comptes étaient bons, il devait lui en rester huit. Ou sept ? Il en avait trois dans la poche droite de son pantalon. La voiture approchait.

Walden était confiant. Une .243 Win partait à la vitesse de 900 mètres seconde. Le conducteur serait foudroyé avant d'avoir pu réagir.

Il épaula, hésita. Il ne reconnaissait pas ce doux ronronnement. Rien à voir avec la musique qu'émettait une bagnole musclée comme la Chevrolet Impala. Même sévèrement amochée. Il recula de deux mètres, s'accroupit. La couleur de la voiture était claire, blanche ou gris pâle. Il avait été élevé dans la vénération de la Chevy grande époque et ne connaissait rien aux autres marques. Pourtant, il eût juré que celle-là était une Ford et plus précisément une Panda.

Quand elle traversa un rayon de lune, Walden distingua la tête blonde aux cheveux courts derrière le pare-brise. Tournée vers la gauche puis la droite, scrutant les bas-côtés. Il bondit sur la piste et hurla :

— Amy !

La portière s'était ouverte. Walden se jeta à genoux sur le siège et colla son front à l'épaule d'Amy. Il ne voulait pas pleurer mais ne pouvait rien contre les hoquets qui lui secouaient l'échine.

— Amy ! Elle a essayé de me tuer.

— Quoi ? Qui a essayé...

— La voiture !

— « Elle » ? « La voiture » ?

— Elle m'a poursuivie, elle...

— Attends, attends... Je crois que je vais commencer, après tu parleras.

Amy laissa s'écouler quelques secondes afin de rassembler ses pensées.

— J'étais partie, tu sais, j'étais réellement partie. Je suis allée jusqu'au bout de la piste, à l'embranchement, j'allais tourner à droite et reprendre la direction de Portland. Et ça me faisait bizarre, tu ne peux pas imaginer. Il n'avait pas été question de refaire un jour le trajet en sens inverse. Pour moi, ce voyage-là, ce devait être le dernier. J'avais pris un aller simple.

Elle s'interrompit, semblant se demander encore ce qui lui était arrivé.

— Je n'avais pas remis tes baskets. Je conduisais pieds nus et ça faisait un mal de chien. Rien de tel pour te maintenir éveillé, mon vieux. Au bout d'un moment, les pédales sous la plante des pieds... Je ne sais pas combien de temps je suis restée là, à l'arrêt. Je pensais à toi, bien sûr, mais je n'avais pas l'intention de faire demi-tour. J'avais bien compris ce que tu voulais. Il me fallait respecter ta volonté. Voilà. Et alors...

— Pourquoi avez-vous changé d'avis, Amy ? demanda Walden d'une toute petite voix.

— Eh bien, mon regard est tombé sur cette poche grise, contre la portière. J'ai vu le paquet qui dépassait. Un paquet de biscuits entamé qui traînait là. J'en ai grignoté un et, pour être tout à fait honnête, ils sont sérieusement ramollis.

— Et c'est pour ça que vous avez fait demi-tour ?

— Oui. Je t'avais promis un chewing-gum mais j'avais oublié les biscuits. Je me suis dit que c'était exactement ce qu'il te fallait. Après, je t'aurais laissé, bien sûr. Mais tu avais besoin de manger un peu et de reprendre quelques forces. J'ai suivi la piste dans l'autre sens. Et, franchement, j'ai dû prendre sur moi. Cette forêt ne me paraissait plus du tout accueillante. Je n'ai jamais été une adepte de la conduite sportive mais là... j'ai roulé très, très lentement. Je ne sais pas... j'avais l'impression qu'un arbre risquait à tout moment de me tomber dessus.

— Vous n'avez plus envie de mourir, alors ?

— Non, Walden. Quand on apporte un paquet de biscuits à quelqu'un, on se doit de rester en vie. Et puis...

— Quoi ?

— J'ai cru entendre un coup de feu. Est-ce que les gens chassent la nuit dans cette forêt ?

— C'est moi, Amy. J'ai tiré. Mais je n'ai touché personne, je vous le jure. C'est à cause de la voiture. La Chevrolet. Elle a essayé de me tuer.

— Voyons, Walden ! Ton père ne peut pas...

— C'était très difficile de voir. Il avait son Stetson, alors j'ai cru le reconnaître. Et puis c'est sa voiture.

— Quelqu'un qui conduit la voiture de ton père avec sur le crâne le chapeau de ton père... ma foi, il y a de grandes chances pour que ce soit ton père.

— Vous croyez qu'il a essayé de me tuer, alors ?

— Je ne crois rien du tout.

— La plupart du temps, je ne distinguais rien. Mais la Chevy est passée deux ou trois fois devant moi. Je n'ai pas vraiment vu le conducteur mais... je n'ai pas reconnu mon père.

— Évidemment ! Si tu ne l'as pas vu !

— Je crois... je crois que ce n'était pas lui.

— Et qui donc ? Qui serait ce mystérieux personnage ?

— Je ne sais pas. Je pense que je ne le connais pas.

Walden s'était redressé. Il avait le visage blême et les épaules tremblantes mais ses yeux étaient secs.

— Un jour, dit-il, mon père m'a affirmé que pour devenir un homme, il fallait en avoir tué un.

— Un homme ? Tuer un autre homme ? Pour en être un soi-même ?

— Oui.

— C'est idiot.

— Oui.

— Son fils ? Tuer son fils ?

— Oh ! non. D'ailleurs, dans la cabane, il a admis qu'il avait eu tort de prétendre une chose pareille.

— Bien. Et maintenant, que faisons-nous ? Je te

sors de cette saloperie de forêt ? Est-ce qu'il ne faudrait pas alerter la police ? J'ignore ce qui se passe au juste, Walden, mais je crains de ne pouvoir en assumer seule la responsabilité.

Walden désigna la piste de l'autre côté du pare-brise.

— Nous ne sommes plus très loin de la clairière. Je veux retourner à la cabane. Peut-être qu'il m'attend, peut-être qu'il est...

Cette fois, il ne put empêcher les larmes de jaillir.

— C'est le onzième jour, maintenant, vous comprenez ?

— Non, ça non, du diable si j'y comprends quelque chose.

— Vous croyez que je suis dingue, alors ?

— Tu m'as l'air tout à fait sain d'esprit et j'en suis presque à le regretter.

Il y eut un nouveau silence, ponctué de hoquets et de reniflements.

— Amy ?

— Oui ?

— C'est quoi comme biscuits ?

# JACK

Jack avait démarré et s'était éloigné en marche arrière d'environ 300 mètres. Il avait attendu là pendant un moment, non sans avoir fait rugir son moteur à plusieurs reprises comme lorsque la Chevrolet accélérait. Ensuite, il s'était rapproché un peu en roulant au pas dans un silence quasi total. Contrairement à ce que pensait Walden, il était tout à fait capable de conduire la grosse Chevy d'un pied léger. Invisible dans l'encre de la nuit, Jack avait longuement observé la cabane plantée dans la vague clarté de la clairière. La forêt lui donnait l'impression d'ouvrir une bouche vorace, prête à engloutir la bicoque de rondins.

Walden était un trouillard et, à cet instant, Jack ne savait plus s'il lui fallait s'en réjouir ou s'en lamenter. Le gamin n'allait pas sortir à cette heure tardive et s'aventurer dans les bois hostiles du Maine. Non, il allait se terrer dans son trou et prier pour que papa revienne en manipulant les faces de couleur de son infâme petit cube magique. Combien de temps lui faudrait-il pour se résoudre à se coucher et parvenir à fermer l'œil ? Voilà qui était difficile à dire. Plongé dans des pensées confuses et amères, Jack laissa s'écouler deux bonnes heures sans même s'en rendre compte. Les interrogations qui se succédaient en lui l'abandonnèrent face à autant d'incertitudes. Vous pouvez bien soupeser sans fin les choses, rien parfois ne vous renseigne. Jack malgré tout était convaincu d'avoir gravement foiré et cela depuis plusieurs années. Mais, comme il aimait souvent à le dire, quand la balle est partie de la main du lanceur, il est trop tard pour la faire revenir, même s'il se rend compte qu'il a raté son coup.

Il ne me reste plus qu'à faire comme Walden, à prier pour que papa revienne.

Parce que, hein, on ne savait jamais. Papa espérait être très vite de retour mais, pour être honnête, il ne pouvait en être sûr.

Las d'entasser des « pour » et des « contre » sur la balance, ou craignant peut-être que le plateau des « contre » ne finisse par rafler la mise, Jack décida de se dégourdir les jambes. Autrement dit, d'aller jeter un coup d'œil discret du côté de la cabane. Il se déplaça avec des manières de

Sioux (à ce propos, il avait bien pris garde d'ôter son chapeau de cow-boy), sans quitter les ombres les plus épaisses. Il constata ainsi que déambuler en pleine nuit au cœur de la forêt en compagnie d'un essaim d'insectes agressifs ne l'emballait pas plus que ça. Et, bien sûr, il en déduisit que Walden, lui, détesterait carrément l'expérience.

D'arbre en arbre, il traça sur les bords de la clairière un large demi-cercle. Il se trouvait à présent du côté de l'unique fenêtre. Et il ne fut pas surpris d'y voir apparaître la tête de son fils. N'osant pas ouvrir la porte de la cabane, le gamin le guettait par les vitres sales. Sans doute se croyait-il encore victime d'une mauvaise blague.

Sentant monter en lui un petit gargouillis qui ne demandait qu'à se transformer en compassion, Jack regagna la voiture par le chemin le plus ténébreux. Assis de nouveau derrière son volant, il jeta un coup d'œil à sa montre. Il nota le changement de jour et, comme Walden, il le traduisit ainsi : douze ans, sept mois et quatre jours.

Le temps de ressortir de la forêt puis de parvenir à un bled quelconque et il serait bien tard pour dénicher un motel. Il décida de passer le reste de la nuit dans la Chevrolet.

Jack patienta encore pendant plus d'une heure avant de mettre le contact. Il parcourut les premiers mètres en roulant sur des œufs (telle fut l'image qui lui vint), toujours en marche arrière. Ensuite, il fit demi-tour et accéléra. Il avala piste et chemins défoncés à vive allure et ne s'arrêta qu'une fois la forêt derrière lui, sur une aire de béton grise et morne en bordure d'une route peu fréquentée.

La journée du lendemain lui parut assommante et interminable. Jack avait vu large pour parer à tout imprévu. Son rendez-vous se situait le jour suivant, à une distance qui n'excédait pas une centaine de miles. Il lambina, déjeuna d'œufs frits et de jambon au sirop d'érable dans une gargote déserte, traîna tout au long d'un mortel après-midi. Il n'avait pas l'esprit aux distractions et l'idée de s'offrir une séance dans un cinéma spécial nanars du Maine profond ne l'effleura même pas. Il aurait pu écumer les guides en quête d'un gîte agréable et confortable. Au lieu de quoi il s'arrêta au hasard, quand l'ennui fut trop grand, devant un sinistre bâtiment dont la façade avait été passée à la peinture bleue à une époque où le président Obama usait encore ses fonds de culotte sur les bancs de l'université Harvard. La plupart des lettres de l'enseigne avaient cessé de clignoter depuis belle lurette. La chambre était aussi gaie que celle qu'il avait occupée trente ans plus tôt au Johns Hopkins Children's Center quand on l'avait opéré de l'appendicite. Propre, en tout cas. Jack posa la mallette qu'il avait prise dans son coffre sur le plateau en contre-plaqué de la table collée contre un mur, presque sous l'écran de télé accroché par un bras articulé. À l'intérieur, il y avait un dossier épais de 15 centimètres sur lequel figurait ce simple nom : CROWDER. Il le plaça devant lui et fit glisser les élastiques qui le maintenaient fermé. Après un instant d'hésitation, il sortit également de la mallette l'autre paquet qui s'y trouvait. Celui-là était emballé dans cinq ou six épaisseurs de papier journal. Dedans, il y avait, rangés par liasses de cinquante dans des enveloppes, sept cents billets de 100 dollars et deux mille billets de 50 dollars, soit un total de 170 000 dollars. L'intégralité de sa fortune, tout ce qu'il avait réussi à amasser au cours de ces dernières années. Le pognon qui, en fructifiant, aurait dû lui assurer un de ces jours (encore lointain) une retraite tranquille, pour ne pas dire douillette. Pour compléter le tableau, il pêcha son téléphone portable dans la poche droite de sa parka et le mit sur le gros et lourd paquet scellé par des bandes adhésives brunes.

Jack s'adossa pour contempler les petits tas de papier qui résumaient ce qu'était devenue sa vie.

Dans quelques heures, si tout allait bien, il serait délesté de tout ça, et son existence pourrait reprendre un cours normal, mais allégé malgré tout de 170 000 dollars.

L'énorme dossier cartonné contenait un certain nombre de chemises de diverses couleurs. La plus volumineuse, jaune, se trouvait sur le dessus de la pile et s'intitulait : « Presse ». La plupart des coupures provenaient du *Sun* de Baltimore mais certaines avaient été prélevées dans d'autres journaux du Maryland ou bien du Maine, du Vermont, du New Hampshire (il y avait même eu dix lignes dans l'édition dominicale du *New York Times*). Jack s'était parfois rêvé en héros, à la une des gazettes ou de préférence sur grand écran, avec Stetson sur la tête et Winchester à la main. Mais qui a envie de figurer de façon répétée à la page des faits divers ? Cela étant, la véritable vedette de l'affaire n'était pas Jack Stephenson. C'était la Chevrolet.

Il prenait un article et le rejetait loin de lui, contre le mur, faisant défiler les gros titres. La Chevy était jugée folle, qualifiée de meurtrière, décrite comme de teinte rouge sang. On la voyait de face et de profil. Sur certains gros plans figuraient juste la portière et l'aile droite.

À Baltimore, on assassinait tous les jours dans l'indifférence générale. Les règlements de comptes entre dealers ne recevaient guère qu'un entrefilet dans la presse locale, parfois pas même une ligne. Après tout, c'étaient les risques du métier. Là, il s'agissait de tout autre chose. D'un accident, certes, mais d'un accident dramatique, d'un accident dont la victime était un enfant, un innocent.

Trois ans plus tard, Jack continuait de se poser deux questions. 1 : comment une telle horreur avait-elle pu se produire ? 2 : comment avait-il pu être aussi con ?

Tout le ramène à un certain soir de match où ses Orioles reçoivent les Twins du Minnesota. Il flotte dans la périphérie de Baltimore un brouillard à couper au couteau et Jack s'inquiète à l'idée que la rencontre pourrait bien être annulée. Que se passe-t-il au juste tandis qu'il croit filer sur une portion urbaine de l'interstate en direction du stade ? Pourquoi se laisse-t-il attirer comme un moucheron par les lumières floues des barres d'habitation lointaines ? Sur le coup, il a l'impression de racler l'une de ces jardinières en béton qui égayent les faubourgs, comme les pierres tombales égayent les cimetières. En tout cas, ça fait un sacré « bong ! » et il se dit qu'il a eu chaud, très chaud. Il redresse la voiture, se rend compte qu'il a quitté sa file et s'est égaré sur une sorte d'esplanade dont il distingue à peine les limites. Il a du mal à admettre qu'il ait pu perdre la boussole comme ça, lui qui a comme un radar derrière le front. Sur le parking de Camden Yards, avant de se diriger vers l'enceinte des Orioles, il inspecte le flanc droit de la voiture par acquit de conscience. Vraiment, il ne s'attend pas à découvrir grand-chose. Et, en vérité, ce n'est pas grand-chose. Mais les traînées qu'il voit sur la carrosserie lui font un sale effet.

D'habitude, quand il a un problème avec l'Impala (ce qui n'est pas rare au bout d'une vingtaine d'années de bons et loyaux services), Jack laisse la voiture chez Brentwood Automotive. Une boîte sérieuse, des pros confirmés. Là, un sentiment désagréable le retient. En général, c'est Jessie qui s'occupe de lui. Probable que Jack n'a pas envie de raconter à Jessie ce qui lui est arrivé (une petite balade à l'écart de la route, un choc contre un objet terrestre non identifié dont il n'avait pas détecté la présence). Jessie est un technicien hors pair mais il a la blague facile. Jack se dit que les dommages sont insignifiants et que n'importe quel petit garagiste de quartier fera l'affaire. Ceci n'explique pas tout à fait pourquoi il confie sa Chevrolet chérie au nommé McCallum, qui gère une « station-service toutes réparations ».

Un type à qui, en temps ordinaire, il n'achèterait pas un bagel sous cellophane.

Grave erreur. Oh ! Vraiment ? Dans le jargon des spécialistes (les prétendus « psychologues »), il paraît que ça s'appelle un « acte manqué ». Traduction : la réalisation d'un désir inconscient. En plus clair encore, cela signifie faire un truc que vous n'avez aucune raison de faire, à part que ça va vous attirer des ennuis et que c'est peut-être justement ce que vous cherchez. En amenant la Chevy à ce brave Jessie, Jack en aurait été quitte pour une ou deux vannes. Après, motus. Jessie n'est pas du genre à cancaner. Mais il a fallu qu'il dégotte ce McCallum, grand Noir blindé comme un tank dont le garage pourri se situe sur une frange du Western, le quartier le plus pourri de la ville. Si ce n'est pas vouloir se punir soi-même, ça ? Eh bien, Jack a été servi.

Ne croyez pas que McCallum soit un gars malhonnête, bien au contraire. Dans ce secteur « difficile », qu'aucun citoyen respectable n'a jamais visité sans y abandonner son portefeuille et son téléphone (quand il en ressort vivant), dans ce district où on deale la drogue au kilo, où on abat les revendeurs de coke au rythme d'un ou deux par semaine, où aucun chauffeur de taxi ne s'aventure plus depuis quinze ans et où une fille un peu sexy qui veut traverser la rue a peu de

chances de parvenir sur le trottoir d'en face...
Jack est tombé sur un type qui a le respect des
lois. Il faut dire que McCallum a des excuses :
son beau-frère est patrouilleur à la Crim'. Flic de
base, quoi.

McCallum a l'œil. Il en a tellement vu, tellement entendu raconter. Il a l'œil et il ne peut pas
s'empêcher de parler. Il se trouve qu'un brave
père de famille a été délibérément renversé par
une Chevrolet Impala cinq jours plus tôt, à
7 heures du matin, carrefour fréquenté à dix
blocs de là, probablement par un camé en pleine
descente de gabegie nocturne. Défoncés, ces
salopards écraseraient leur mère pour n'avoir pas
à donner un coup de volant de trop. McCallum
a un soupçon, même si Jack ne correspond guère
au portrait-robot qu'il s'est fait dans sa tête.
Mr Stephenson, qui lui a dit être installateur en
vitrines réfrigérées dans les grandes surfaces d'ali-
mentation, lui a fait l'effet d'un homme très
convenable (mais McCallum ne se fait pas d'illu-
sions et il s'est quand même demandé comment
cet homme très convenable avait atterri chez lui
avec sa Chevy 95 briquée comme un sou neuf).
Il donne un coup de fil au beau-frère qui, à tout
hasard, alerte un collègue.

Voilà comment ça commence. Un flic désœuvré
vient inspecter la bagnole. Les types de sa

brigade passent leur temps à venir examiner des indices qui n'en sont pas, à interroger des témoins muets ou à écouter les bavardages de gens qui n'ont rien vu, rien entendu. Il hausse les épaules puis finit par décider que ça ne coûte rien de faire le test. Le test à la malachite. Il revient le lendemain avec son petit nécessaire et gratte un peu les taches qui font une vague traînée sur la tôle rayée (c'est ça qui l'a convaincu : les rayures fraîches et, aussi, mais il ne lui a pas dit, le fait que le propriétaire ait choisi de faire soigner sa bagnole super bien entretenue par un garagiste de troisième zone).

La malachite parle sans se faire prier : c'est du sang. Le flic appelle son inspecteur préféré, le cœur en fête : il croit avoir mis la main sur le meurtrier du brave père de famille.

C'est ainsi que Jack voit débarquer un matin chez lui un trio dont il n'attendait certes pas la visite. Stephenson ne ressemble pas à leurs clients habituels, et sa baraque détonne plus encore (un pavillon de brique rouge dans le Southern, au sud de la ville, non loin de Curtis Bay et du quartier polack). Les flics lui exposent le cas d'un ton poli, deux inspecteurs en costumes fatigués et un policier en uniforme qui fouille le salon des yeux comme s'il cherchait des sachets de poudre blanche sous les meubles.

Ils lui révèlent que l'échantillon est au labo, qu'il faudra un petit moment avant d'avoir le résultat mais qu'il a le droit de leur faciliter le travail en attendant. Ils savent qu'il s'agit d'un accident et qu'il n'a voulu tuer personne mais n'en ont pas moins sur les bras le corps d'un brave père de famille qui ne demandait qu'à arriver à l'heure au boulot. Ils convoquent Jack au Central pour un jour prochain, en vue d'un interrogatoire plus formel, et lui indiquent qu'il peut s'il le désire se faire assister d'un avocat, même si parfois admettre les faits paraît la solution la plus simple et la meilleure (notamment pour eux qui ont des crimes autrement plus horribles à traiter chaque jour qui passe, environ cinq par semaine en ce moment). Là, c'est un accident bien sûr. Ils veulent le mettre en confiance, lui laisser croire qu'il ne risque pas grand-chose. Mais Jack n'a pas renversé de brave père de famille, notamment sur ce carrefour qu'il n'a sans doute jamais traversé. Pourtant, c'est du sang, lui fait-on remarquer. L'analyse permettra de dire si c'est bien celui du brave père de famille (au cas contraire, il lui faudra malgré tout tenter d'expliquer pourquoi il y a des traces de sang sur la tôle de son véhicule).

Quelques minutes plus tard, conscient qu'il aurait dû suivre leur suggestion et commencer par se faire assister d'un avocat, Jack se retrouve en train de raconter le soir où il est allé voir jouer les Orioles par temps de brume. Une chance, deux des trois flics sont fans des Birds, comme on les appelle aussi. Ils auraient pu causer pendant des heures avec Jack de l'illustre Cal Ripken Jr devant une bière fraîche. Bref, Jack explique qu'il a quitté l'interstate sans s'en rendre compte, qu'il a été trompé par des lumières, qu'il a senti un choc assez violent (il précise à quel endroit des faubourgs de Baltimore il estimait se situer alors) mais ne s'en est pas inquiété outre mesure. Il pense avoir raclé une bordure en ciment, quelque chose comme ça. Voilà pour le mystère des rayures fraîches. Il s'inquiète soudain en voyant les trois flics échanger des regards stupéfaits. Ils ont déjà oublié le brave père de famille. Sans le faire exprès, sans que rien ne le leur laisse présager, ils viennent probablement de résoudre un cas autrement plus sensible : la mort brutale du jeune Tim Crowder, treize ans à peine, éjecté sur un terre-plein proche de la cité où il habitait, alors qu'il faisait du skate. Leurs visages s'éclairent un instant puis se ferment : pour eux, un môme, c'est sacré. L'un d'eux se rue vers la voiture garée devant la porte de la maison, pour annoncer par radio la nouvelle au sergent de la brigade des crimes routiers chargé de l'affaire.

De couleur verte, la chemise suivante portait pour toute indication : « avocat ». Jack avait tardé à prendre sa propre affaire au sérieux. Il comprenait bien qu'il s'était produit un événement épouvantable et compatissait avec sincérité à la douleur de la famille Crowder. Dans son esprit, un mot résumait le drame : « fatalité ». Et, selon lui, s'il y avait un coupable, c'était le brouillard.

Jack déclara au procureur qu'il était bien sûr prêt à assumer ses responsabilités. Quand il lui demanda s'il lui paraissait possible d'arranger les choses avec les Crowder entre gens de bonne composition, le procureur ne cacha pas sa perplexité. Jack ne s'attendait pas à finir devant un tribunal. La jeune avocate qu'il avait choisie ne cessait-elle pas de souligner qu'il s'agissait d'un malheureux accident dû à des circonstances climatiques exceptionnelles ? Les enquêteurs n'avaient-ils pas tenu eux-mêmes des propos rassurants ? Il n'avait pas cherché à fuir, il n'avait pas tenté de masquer ou d'effacer les traces qui l'avaient trahi. En vérité, à aucun moment il n'avait soupçonné que la Chevrolet avait heurté un corps et que les rayures sur sa carrosserie aient pu être causées par une planche en bois d'érable munie de roulettes (une BombHill Cruiser, à ce qu'il avait appris). Le procureur lui avait répondu que si le jury retenait le délit de fuite, il risquait de trois à cinq ans de prison, sans parler de l'inévitable compensation financière.

Entendant pépier la petite avocate, Jack saisit qu'avec son concours, la sentence avait toutes les chances d'être cinq ans plutôt que trois. C'est alors que le gérant d'une grande surface où il avait installé douze énormes bacs réfrigérés lui parla en ami. L'homme, qui avait eu quelques problèmes avec la justice, était parvenu à la conclusion que, face à un jury, ce n'était pas la meilleure cause qui l'emportait mais le meilleur avocat. Il conseilla à Jack un spécialiste à qui il devait une fière chandelle. Ryan Farrell était d'après lui un juriste compétent, rusé voire retors, et totalement dépourvu de scrupules. Mais cher.

Quand il ouvrait la chemise verte, Jack tombait sur la première note d'honoraires de Ryan Farrell : 8 000 dollars. Qu'est-ce que vous croyez ? Non. Juste un acompte. Il n'éprouva pas le besoin de soulever la feuille, ne connaissant que trop celles qui lui succédaient. Notes d'honoraires et notes de frais s'empilaient comme annoncé... sans scrupule.

Au début, Farrell ne lui avait pas fait grosse impression. Petit homme quasi chauve au regard masqué par les verres fumés de lunettes cerclées d'écaille, il écoutait les explications de Jack d'un air ennuyé, sans jamais poser la moindre question ni écrire un mot sur la feuille blanche qu'il gardait en permanence posée devant lui. Agacé, et plus encore inquiet, Jack finit par lui demander s'il considérait la cause comme perdue. « Mais non, pas du tout », avait répondu l'avocat. « Pourquoi ne vous intéressez-vous pas à ce que je raconte, alors ? » s'étonna Jack d'un ton agressif. Ryan Farrell avait eu un mince sourire. « Vous êtes mon client, monsieur Stephenson, avait-il dit. Je n'ai rien besoin de savoir à votre sujet. La seule chose qui m'intéresse, c'est notre adversaire. »

Crowder. Luke Crowder.

Un adversaire. Jamais, jusqu'au jour du procès, Jack ne parvint à considérer le nommé Crowder de cette façon. Pour lui, le père du petit Tim n'était, ne pouvait être qu'une victime. Est-ce que cela faisait de lui, Jack Stephenson, un coupable, un assassin ? Il espérait que non. Son avocat aurait quelques heures pour convaincre le jury que l'accident n'était que le produit d'un malencontreux hasard. La fatalité.

Une minute avant de pénétrer dans la salle du tribunal, Farrell lui avait glissé à l'oreille : « Il faut que vous compreniez une chose, monsieur Stephenson. C'est vous qui serez sur le banc. Pas la fatalité. Nul ne peut juger le destin. On n'envoie pas la malchance en prison. On ne condamne pas le mauvais sort à la chaise électrique. Nous allons devoir nous battre. Et je ne vous promets pas que ce sera joli joli. »

Était-ce un tour ironique de la fatalité ? Jack n'aurait su expliquer pourquoi ni comment la partie du dossier consacrée au procès s'était retrouvée dans une chemise d'un beau rouge cerise. Encore un acte manqué, sans doute ! Il y avait là nombre de pièces administratives, des convocations, puis de brefs mémos remis par les avocats, le sien et celui de la partie adverse. Le reste, c'étaient des notes rédigées par Jack lui-même.

Jack est désorienté. Il s'attendait à quelque chose d'imposant et solennel, à un lieu intimidant et vaste où les deux camps s'opposeraient à distance. La salle est exiguë, surchauffée. Magistrats, avocats, jurés, défense et accusation sont proches à se toucher. Dès les premiers instants, il le voit face à lui, en tendant le bras il pourrait lui serrer la main. Luke Crowder. Contrairement à sa femme, tout en noir, recroquevillée sur sa chaise, Crowder n'apparaît pas écrasé par le chagrin. Il est ici pour obtenir justice. Non, pas justice : vengeance. Son corps est raidi par la colère et une lueur de haine brille dans ses yeux. Près de la mère se tient un jeune homme d'environ vingt-deux ans, le grand frère de la jeune victime.

La première journée du procès est un enfer. L'avocat de la famille Crowder entend démontrer qu'il ne s'agit pas d'un accident mais d'un meurtre. Les observations du médecin légiste et le rapport des experts suggèrent que Jack Stephenson roulait à une vitesse excessive. Par temps de brouillard, d'épais brouillard, souligne l'avocat, une telle vitesse n'est pas seulement excessive, elle est criminelle. Quant au fait de quitter l'interstate, la route que l'on est censé suivre, pour s'égarer sur une esplanade réservée aux paisibles locataires des proches résidences... il ne sait comment le qualifier. Il s'y hasarde cependant un peu plus tard. Jack Stephenson est un fou du volant, un détraqué qui chausse sa vieille Chevrolet Impala de l'an 1995 de pneus Z-rated permettant de rouler au double de la vitesse autorisée dans ce pays. Pour un peu, le doigt tendu, le menton tremblant, il accuserait Jack de s'être offert un petit safari urbain et d'avoir pris délibérément pour cible le jeune Tim Crowder. Soudain, dans sa bouche, le brouillard n'est plus le complice du malheur ; le brouillard devient le rideau tiré par l'assassin sur son crime infâme. Des années après, Jack entend encore ces mots :

« Oui, le crime parfait ! Car, si Mr Stephenson se tient aujourd'hui sur le banc des accusés, c'est par le plus grand des hasards... et grâce aussi, bien sûr, à la compétence et à l'abnégation de nos valeureux enquêteurs. »

Farrell, l'avocat de Jack, ne bronche pas. C'est tout juste s'il a l'air d'écouter son confrère. De temps en temps, comme pour se donner une contenance, il griffonne quelques mots sur un calepin qu'il tire d'un étui en croco. Alors, Jack observe les jurés. Eux non plus ne réagissent guère, ce qui est plutôt rassurant. Ils somnolent, étouffant dans l'atmosphère confinée de la salle.

L'avocat de la famille Crowder sent-il qu'il a du mal à capter son auditoire ? Il change soudain de ton et de stratégie. Il ne parle plus de l'accident, il ne parle plus du chauffard, il parle de l'enfant. D'une voix vibrante, il dresse un portrait de la victime. Tim est un ange, un élève exemplaire, un fils modèle. Malgré les protestations de Ryan Farrell, mollement soutenues par la juge qui dirige les débats, l'avocat des Crowder fait passer aux 12 jurés une photo du jeune garçon ainsi que des bulletins scolaires élogieux. Puis il se met à lire un poème que Tim a composé à l'occasion de la fête des Mères. Mrs Crowder éclate en sanglots et Jack voit, au premier rang du jury, deux femmes tirer un mouchoir. Pour la première fois, Farrell se penche vers lui et lui fait partager ses propres impressions : « Mauvais, ça. »

Le lendemain, la parole est à la défense. Farrell, lui aussi, commence par évoquer les circonstances de l'accident. Il fait venir à la barre un ancien consultant d'AccuWeather.com. Un vieux routier de la météo selon lequel il faut remonter cinquante-sept ans en arrière pour relever, sur la région de Baltimore, des conditions de visibilité aussi exécrables que le soir du drame. Pour étayer le fait, Ryan Farrell dresse d'un ton sinistre la liste des autres accidents qui se sont produits ce jour-là dans les environs de la ville : onze dont deux mortels. Alors, il ose le dire : « Mesdames et messieurs les jurés, ce n'est pas Jack Stephenson mais le brouillard qui devrait se trouver devant vous sur le banc des accusés. »

Jack est étonné de constater que la remarque d'un goût douteux a arraché un sourire à trois ou quatre des personnes interpellées. Mais l'avocat a déjà dénoncé un nouveau coupable : l'éclairage public. Les lampadaires à vapeur de sodium dispensent certes une lumière jaune-orangé à fort contraste par temps de brume mais plusieurs d'entre eux, dans ce secteur mal entretenu, sont défectueux. Les tubes sont sales et parfois brisés.

En outre, les vêtements sombres de l'enfant rendaient très mal dans cette clarté particulière des zones périurbaines.

Les Crowder sont choqués. Luke, le père, balbutie des mots qu'on ne comprend pas. Mais Jack devine : l'homme est scandalisé car cette allusion à la façon dont son fils était habillé semble vouloir faire de l'enfant le vrai responsable de l'affreux accident. Il n'a encore rien vu, ou plutôt entendu.

« Que faisait Tim Crowder ce soir-là, à une heure où les élèves exemplaires font leurs devoirs, seul sur l'esplanade où il a connu une fin tragique ? » Farrell laisse s'écouler quelques secondes et s'éteindre les murmures outrés avant de conclure de ces simples mots : « Du skate. » Alors, à son tour, il dresse un portrait de la victime. Flatteur, lui aussi. Tim était un merveilleux enfant, dont nous pleurons tous la disparition. Tim avait tous les talents, doué pour les mathématiques, pour la musique, poète également, vous l'avez entendu. Mais la vraie passion de Tim, c'était le skateboard. Tim était un as du skate. Tim a participé brillamment à plusieurs *contests* et rêvait de s'inscrire à de grandes compétitions nationales. En attendant...

D'un air faussement embarrassé, Farrell sort de sa sacoche deux rapports de police montrant que Tim Crowder a été admonesté par des sergents de la ville en raison de son comportement dangereux. N'avait-il pas imaginé avec quelques camarades un tremplin permettant de passer sur leurs skates par-dessus un véhicule en stationnement ? Plus gêné encore, l'avocat brandit alors un document indiquant que l'enfant a été admis dans une clinique de Baltimore pour une fracture de la clavicule et deux côtes fêlées, à la suite d'une chute brutale. De nouveau, il observe un silence destiné à offrir aux jurés quelques secondes de méditation.

Le coup de grâce est proche. Avec l'assentiment de la juge et du procureur, Ryan Farrell fait dresser face aux jurés un tableau magnétique et y dispose quelques petits objets fabriqués pour l'occasion. Jack a l'impression de se retrouver dans la chambre de Walden, qui peut passer des heures à bricoler des maquettes. Par bonheur, le matériel de son fils est nettement moins coûteux (pour cette plaisanterie, Farrell lui a adressé une facture de 730 dollars). Il faut admettre que la reproduction de la Chevrolet Impala *dark cherry metallic* est assez réussie. Quand Farrell la colle d'un coup sec sur son tableau aimanté, Jack partage le frisson qui secoue le jury (et il flaire alors la très, très mauvaise idée). Puis vient la silhouette noire. Genoux ployés, une planche à roulettes sous les pieds, elle est d'un réalisme saisissant et même dérangeant. Sur le tableau figurent les grandes lignes du décor. La route que Jack a quittée par mégarde, les lampadaires, les immeubles d'habitation à huit ou dix étages, un arbuste, un bac où pousse un vieux rhododendron, d'autres détails encore. L'avocat indique chaque élément avec une courte baguette. Puis il demande qu'on éteigne les lumières et tire les rideaux de la salle. Malgré les récriminations de son adversaire, il obtient l'accord du tribunal. Un « ooooh » agite l'assemblée. La voiture et l'enfant apparaissent dans une sorte de fluorescence, la Chevy très distinctement, le jeune Tim beaucoup moins. Le reste du paysage est nappé d'ombre. On pourrait l'imaginer plongé dans un brouillard épais où les lampadaires à vapeur de sodium ne brillent qu'à peine.

Une chose est claire mais ne frappe pourtant les esprits que lorsque Ryan Farrell la souligne : pour le conducteur de la Chevrolet, le skater en vêtements sombres n'est qu'une silhouette à peine perceptible. En revanche, pour l'imprudent acrobate, la voiture rouge brille de mille feux, même dans la pénombre.

De façon volontaire, presque provocatrice, l'avocat a placé Tim Crowder face à l'avant du véhicule. Et, à haute voix, il se demande si c'est bien là ce qui s'est produit. Non, évidemment. Les éraflures et les traces sanglantes n'ont été relevées que sur le côté droit de la voiture. Il déplace la figurine. Par un effet quasi magique, elle semble se fondre dans l'ombre. « Mon client pouvait-il voir le malheureux Tim Crowder ? demande-t-il à présent. Non, certainement non. Et j'ajouterai : hélas ! » Un murmure parcourt la salle. Certains s'indignent mais d'autres approuvent. « Mais lui ? poursuit l'avocat. Lui, Tim Crowder. Pouvait-il voir la Chevrolet ? Oui, sans aucun doute. »

Silence étudié, le dernier de sa démonstration.

« Mesdames et messieurs les jurés, dit-il, je crois pouvoir affirmer que le regretté Tim Crowder a été victime de son imprudence et peut-être même de son penchant pour les jeux dangereux. Nous avons tous assisté dans les rues de notre ville au déplorable spectacle de ces enfants, de ces jeunes gens qui jouent avec leur vie, sur une planche ou sur des patins. Frottant au plus près une voiture au milieu de la circulation, s'accrochant à l'arrière d'un camion. Qu'essayait de faire Tim ? Je l'ignore. Dans le brouillard, la carrosserie rouge a dû lui apparaître comme ce chiffon qu'on agite dans certains pays pour exciter un taureau. Il a voulu jouer au plus malin, raser le péril, se lancer dans une course à la mort... je ne sais. Il a voulu jouer.

Pour son malheur, il a perdu. Maintenant, messieurs et mesdames les jurés, je vous le demande. Que faisait Tim, seul, dans le brouillard, sur une esplanade déserte, à l'heure où les enfants sages révisent leurs leçons ? »

Brouhaha. La tension est extrême dans la salle à l'atmosphère étouffante, tandis qu'un huissier rouvre les rideaux. Il faut plusieurs minutes à la juge pour ramener le calme tandis que le clan Crowder s'époumone. Elle pose enfin à Jack la question rituelle. A-t-il quelque chose à déclarer avant que le jury ne se retire pour délibérer ? La réponse est non, simple signe de tête. Mais Luke Crowder, lui, a une déclaration à faire. Il attend le retour complet du silence pour la hurler, une main sur son cœur saignant. « Je regrette qu'il n'y ait plus de chambre à gaz dans cet État. Cet homme est un assassin. Un assassin d'enfant. Cet homme mérite la chambre à gaz. »

Il y a longtemps qu'on ne gaze plus les condamnés dans le Maryland. En vérité, on a aussi cessé de procéder à des exécutions par injection létale. Crowder semble l'ignorer mais l'État a depuis peu aboli la peine de mort.

Ryan Farrell range avec sérénité ses affaires mais Jack est parcouru par des bouffées d'angoisse jusqu'au retour du jury. Ses délibérations ont été brèves, une heure à peine. La femme qui le préside se lève et lit le verdict. Jack Stephenson est acquitté.

Jack se jette dans les bras de son avocat et cherche des mots assez forts pour lui témoigner sa reconnaissance. Farrell lui tapote le dos et lui dit : « Ne vous réjouissez pas trop vite. Nous avons gagné la procédure pénale, Jack. Vous n'irez pas en prison. Mais, à présent, il va vous falloir affronter le procès civil. Et, celui-là, nous le perdrons. Crowder va vous réclamer d'énormes réparations financières. Celui-là va vous coûter la peau des fesses. »

L'oxygène de la liberté est à cet instant si enivrant que Jack hausse les épaules devant cette nouvelle menace. S'il faut payer, il paiera. Luke Crowder, cependant, est monté sur un banc. Il a le doigt pointé vers celui qui sera toujours pour lui l'assassin de son fils.

« Je t'aurai, ordure ! Chaque goutte de sang sera payée d'une goutte de sang ! »

C'est clair, il ne parle pas d'argent. En attendant, son hurlement haineux lui vaut sur-le-champ une amende de 3 000 dollars, administrée par la juge d'un ton excédé.

Jack referma la chemise rouge d'un geste las. Il en manquait une (brune, rose, noire ?), qui aurait dû compléter le dossier Crowder. Mais cette partie absente n'était pas composée de pièces administratives et de coupures de presse. Elle était multiple et impalpable. À cet instant, Jack en tenait une partie dans le creux de la main.

Son portable.

Aucune assignation, pas la moindre nouvelle. À sa grande surprise, et plus encore à celle de son avocat, les Crowder n'avaient pas intenté de procès au civil. Ils ne voulaient pas de dédommagement. Pour eux, comprit Jack, le sang d'un enfant ne se remboursait pas en dollars.

Il s'écoula plusieurs semaines avant qu'il ne reçoive sur le petit écran de son téléphone le message suivant : *Œil pour œil.* Jack connaissait la fin. Et, s'il ignorait l'identité de l'expéditeur, demeurée masquée, il la devinait sans peine. La formule était limpide et faisait écho au serment prononcé par Luke Crowder au terme du procès, un serment à 3 000 dollars : « Chaque goutte de sang ». Pour un œil, un œil. Pour une dent, une dent. Et pour chaque goutte de sang...

Crowder ne voulait pas d'argent, non. Il voulait se rembourser en gouttes de sang.

La mémoire du portable contenait deux douzaines de petits messages semblables, envoyés au fil des trois dernières années. Pourquoi Jack ne les avait-il pas effacés ? Il n'aurait su l'expliquer lui-même. En toute logique, Jack aurait dû les conserver à titre de preuves. Puisqu'il avait désormais, bien malgré lui, quelques connaissances au sein de la police de Baltimore, rien ne l'empêchait de déposer plainte contre l'expéditeur anonyme. Mais il s'y refusa et telle fut sans doute la cause première de sa rupture avec Lisbeth.

Jack en fit une affaire d'hommes, une affaire entre Luke Crowder et lui. Il n'y mêlerait ni la police ni qui que ce fût d'autre. Très vite, pourtant, la menace se précisa, effrayante. Crowder, comprit-il, ne désirait pas tirer vengeance de façon directe de celui qui avait tué son enfant. Cela, Jack eût pu l'affronter sans faiblir. Le Stetson vissé sur la tête, une Remington au chargeur plein sous le siège de la Chevrolet, il eût attendu l'agresseur de pied ferme. Mais Crowder avait une idée bien particulière de la justice. Idée ancestrale, idée biblique. Œil pour œil. Sang pour sang. Tu m'as pris mon enfant, je te prendrai le tien.

Il y eut des messages sur le portable, il y en eut d'autres dans la boîte aux lettres. De plus en plus explicites, de plus en plus terrifiants. Jack barricada sa famille dans le pavillon de brique rouge, ajouta partout où cela se pouvait verrous, chaînes, barreaux, barres de sécurité, alarmes. Il s'abonna à une société de surveillance. Il alla chercher son fils à l'école dès qu'il en avait la possibilité, paya un privé pour suivre ses faits et gestes le reste du temps. Il fit à sa femme une vie si dure, si angoissante, que Lisbeth déserta finalement le foyer. À moins que Jack lui-même ne l'en ait chassée. Il avait une obsession : résoudre le problème par ses propres moyens. Lisbeth était devenue un handicap, un pion intempestif au milieu du jeu. Et donc, au terme de leur centième altercation violente, elle partit. Jack avait découvert que sa femme avait acheté *deux* billets d'avion mais, bien sûr, il n'était pas question qu'il laisse Walden partir avec elle ; cette fois, vraiment, c'était clair : l'affaire allait se régler entre hommes.

La cible suivante fut son ordinateur. Crowder maniait à la perfection Photoshop ou tout autre logiciel de traitement des images. Jack reçut une série de montages à faire froid dans le dos, au rythme d'un par mois. On y voyait la Chevrolet, dont la carapace rouge paraissait émettre une lumière maléfique, et face à elle, une silhouette. Imprécise d'abord puis de plus en plus nette. Peu à peu, le jeune Tim sortait de l'ombre. Peu à peu, la voiture se rapprochait de lui. Dans ses derniers envois, Crowder avait réussi à transformer la physionomie de son fils, à déformer ses traits, à mettre dans ses yeux une lueur de pure épouvante. Ce type était cinglé.

Bien sûr, l'accident se produisit. Le corps de Tim était étendu dans une mare de sang, presque sous les roues de la Chevy. Crowder réécrivait l'histoire à sa façon. Mais ce n'était pas terminé, oh ! non. Un jour, Jack, qui chaque fois cliquait sur le fichier d'une main tremblante, qui chaque fois se jurait de détruire désormais sans les ouvrir les envois de son ennemi, découvrit un portrait du jeune garçon, paisible, souriant : l'ange innocent qu'avait évoqué l'avocat dans sa plaidoirie accusatrice. Au bas de l'image, sur le fond gris d'un rectangle dont un angle était coupé d'un bandeau noir, était inscrit :

*TIM CROWDER*
*12 ANS, 7 MOIS ET 11 JOURS*

Jack songea à certaines photos d'otages que transmettaient parfois leurs ravisseurs.

Sur le moment, il ne comprit pas, ou peut-être ne voulut pas comprendre. D'ailleurs, Crowder semblait s'être fatigué, être allé au bout de sa folie. Il y eut plusieurs mois de silence, plusieurs mois sans message sur le portable, sans message dans la boîte aux lettres, sans message sur l'écran de l'ordinateur. La crise était passée, pensait-il, et il envisageait d'en aviser Lisbeth (mais sa femme vivait à présent quelque part en Amérique du Sud). Enfin, alors qu'il ne s'y attendait plus, qu'il n'y pensait presque plus, Jack reçut un nouveau photomontage. Le même corps, dans la même mare de sang, devant le capot de la Chevrolet *dark cherry metallic*. Mais, cette fois, la tête était celle de Walden. Le lendemain, d'un clic de souris nerveux, Jack fit apparaître un portrait semblable à celui qu'il avait déjà vu. Sauf qu'il s'agissait de Walden, un Walden à la physionomie légèrement étrange (Jack saisit plus tard que l'expert en Photoshop avait un peu trafiqué ses traits, afin de leur conférer un brin de maturité supplémentaire). Sur le rectangle gris figurait cette inscription :

*WALDEN STEPHENSON
12 ANS, 7 MOIS ET 11 JOURS*

Le bandeau noir, dans le coin, lui donna envie de hurler.

Par la suite, Crowder se contenta de faire sonner le téléphone fixe, tard le soir dans le pavillon de brique. Quand il décrochait, Jack entendait le murmure d'une voix. « 12 ans, 7 mois et 11 jours. » Ou bien, simplement, un lent, un insupportable tic-tac.

Au fond, il n'avait aucune raison de s'en faire pour Walden. Il détestait cette idée mais le gamin était un sacré trouillard et, en certaines circonstances, ça pouvait être votre meilleure assurance sur la vie. Il allait rester bien au chaud, il allait se morfondre, il allait pleurnicher et appeler papa-maman en regardant s'épuiser son maigre stock de boîtes de conserve. Puis voilà, hein ? Une bonne pétoche n'avait jamais tué personne.

À condition, bien sûr, que tout se passe comme il l'espérait.

Deux ou trois jours de solitude dans la grande forêt parmi les bêtes sauvages, que rêver de mieux pour forger un caractère ? Pourtant, Jack ne nourrissait pas la moindre illusion. Il avait laissé une mauviette dans la cabane de rondins ; il n'y retrouverait pas un caïd. Mais, avec un peu de chance, Walden aurait réfléchi. Il n'était sans doute pas mauvais de devoir serrer un peu les fesses, il n'était sûrement pas mauvais d'être amené à se poser des questions. Comme quelques images lui venaient, Jack ne put s'empêcher de sourire. Walden contemplant la Remington avec perplexité. Walden se demandant si le moment de lancer le pigeon était venu. Walden explorant les écrits de Henry David Thoreau comme s'il s'agissait du Yi-King : où donc se nichait le secret d'une existence heureuse et épanouie dans une cabane perdue au milieu des bois ?

Oui, si tout se passait comme il l'espérait, l'expérience ne pourrait que se révéler fructueuse.

Les mains sur le haut du volant, Jack conduisait la Chevy d'une manière qui ne lui était guère habituelle : avec mollesse. Il avait quatre longues heures pour parcourir les cent derniers miles. Plus que suffisant pour ressasser les « pour » et les « contre ». Les plateaux de la balance oscillaient devant ses yeux à lui donner le vertige.

Parce que, évidemment, rien ne garantissait que tout se passerait comme il l'espérait.

Rien n'est plus difficile que d'ignorer ces choses auxquelles on préfère ne pas penser. Si papa ne revenait pas. Si l'attente se prolongeait, si les jours passaient. Jack se sentait sûr de lui. Il n'avait pas peur de Luke Crowder. Pourtant, il avait pris pour acquis depuis longtemps que ce type était givré. Et, par définition, les réactions d'un malade mental sont imprévisibles. Il allait devoir jouer serré et d'une manière qui, par avance, lui donnait la nausée. Profil bas, voilà comment ça s'appelait.

Ce matin, avant de quitter le motel, il s'était changé. Il avait mis un costume sobre et s'était noué autour du cou une cravate d'un bleu tirant vers le noir. Rien de rouge sur lui, oh ! certes. Rien d'agressif ni de voyant. Il avait enfilé la tenue qu'il lui arrivait parfois d'adopter quand il devait rencontrer un très gros client, du genre qui risquait de lui commander d'un coup dix frigos et plus. Crowder était probablement le plus gros client à avoir croisé son chemin. Dieu sait néanmoins s'il aurait préféré se présenter à lui dans d'autres dispositions. Jack aurait volontiers débarqué chez lui Stetson sur la tête et Remington à la main.

Mais il fallait en finir. Et pas de cette façon. La présence de la carabine, sous son siège, n'en était pas moins rassurante.

L'idée émergea une fois de plus, alors qu'il croyait l'avoir remisée dans un coin de sa tête (derrière une porte blindée, garantie par deux verrous et une barre de sécurité) : si papa ne revenait pas ? La vaste forêt du Maine lui apparut soudain comme une étendue oppressante, sans fin ni commencement. La meilleure cachette du monde pouvait devenir le plus sûr des tombeaux. La porte blindée, les deux verrous et la barre de sécurité, c'était bien... à condition de se trouver *du bon côté*. Ou, si on veut, à condition d'avoir les codes et les clés.

Walden ne s'en sortirait jamais. Serait-il seulement capable d'aller jusqu'à l'étang ? Conclusion : il faut que papa revienne.

Jack prit un tube dans la poche gauche de sa veste, en arracha le bouchon avec les dents et lui donna l'inclinaison nécessaire pour faire glisser un comprimé jusqu'à sa bouche entrouverte. Il avait avalé quelques centaines de pilules, ces dernières années, pour calmer ses angoisses ou pour modérer sa fureur. Aujourd'hui, il avait simplement l'impression de prendre ses précautions. Jack se méfiait de lui-même. Face à ce type qui lui pourrissait la vie depuis près de trois ans, il se savait capable de perdre ses nerfs, voire le contrôle de ses mains. Il n'avait conservé qu'une image floue de l'homme qu'il avait pourtant eu tout le loisir d'observer pendant les longues heures du procès mais, dans son souvenir, Crowder avait un cou de poulet. Il serait tentant de le serrer. Jack goba un second comprimé et songea qu'il valait vraiment mieux que la Remington reste sous le siège de la bagnole.

Profil bas, Jack.

Il allait se ruiner. Il allait s'humilier. Il allait acheter la paix au prix fort. Quelques minutes avant 14 heures, il se rendit compte qu'il était arrivé. Il passa devant le 495, Prescott Lane, petite maison évoquant un dessin d'enfant, avec son double toit de bardeaux en pente raide, derrière une courte allée d'immenses dalles carrées et un morceau de gazon jauni. Rien ne l'isolait de ses voisines, baraques à la fois semblables et subtilement différentes. Il y en avait comme ça à perte de vue le long de la voie qu'il suivait au ralenti.

Pas question de se garer à proximité. Jack roula jusqu'au mini-parking qui jouxtait une affreuse église presbytérienne de brique rouge au clocher couronné d'un chapeau blanc (on eût dit une friandise en sucre et pain d'épice). Ni Stetson ni Remington, pas davantage de dossier et de chemises de couleur. Dans la mallette, Jack n'emportait que le paquet enveloppé de papier journal. 170 000 dollars, cela pesait déjà son poids, cela pesait même plus que son poids. Il avait l'impression de porter à bout de bras les innombrables bacs et vitrines réfrigérés qu'il avait installés dans d'innombrables grandes surfaces. 170 000 dollars. Le produit de toute une vie de travail.

Jack fit sonner la petite cloche du 495, Prescott Lane et, presque aussitôt, comme s'il s'excusait de lui ouvrir en personne, Luke Crowder lui apparut derrière la porte avec ces mots :

— Je suis seul.

L'entrée était plongée dans une pénombre rougeâtre.

— Par ici.

Sans le regarder, sans se retourner, Crowder ajouta :

— Ma femme a préféré s'absenter. Vous revoir lui a paru intolérable.

Jack suivit son hôte dans un salon exigu où deux fauteuils à grosses fleurs étaient tournés vers un guéridon chargé de bouteilles et de verres à liqueur. Une fois assis, il constata qu'il faisait face à une cheminée de faux marbre dont l'âtre était occupé par un radiateur. Sur le manteau étroit était posée, dans un cadre noir, une photo de Tim en tenue de sport. Jeune, beau, souriant, un ange. En haut à gauche, un bandeau noir coupait le coin du portrait. Jack se sentait horriblement mal à l'aise mais néanmoins confiant. Cette maison ne respirait pas la misère mais sans conteste la gêne. L'affaire devrait se faire. Pourquoi, sinon, Crowder l'aurait-il reçu chez lui ?

— Servez-vous si vous le désirez, dit Crowder.

Jack sursauta, comme si cette offre recelait une menace masquée. Il vit que la main de Luke Crowder, blême et maigre, molle, à demi ouverte, désignait les liqueurs. Il voulut refuser mais ne put s'empêcher de contempler d'un œil fixe la carafe en cristal taillé et son contenu ambré.

— Je crois que c'est du bourbon. Servez-vous.

Accepter quelque chose de cet homme était probablement une très mauvaise idée. Jack ôta le bouchon cubique et versa un centimètre de bourbon dans un verre minuscule où apparaissait en relief une sorte de fleur de lys. Il hésita, faillit en remplir un second.

— Je ne prends rien, lui dit Crowder. Je ne bois plus d'alcool.

Jack le regarda franchement pour la première fois et lui trouva un air maladif. Crowder avait le teint cireux et les joues creuses, ce qui faisait ressortir en bec d'oiseau son nez étroit. Depuis le jour du procès, il semblait avoir pris vingt ans. La possibilité que la boisson soit empoisonnée traversa l'esprit de Jack. Mais il était clair depuis longtemps que Crowder ne souhaitait pas s'en prendre à lui directement. Œil pour œil. Jack trempa les lèvres dans le liquide brûlant. Il lui fallait tenter d'établir avec ce type une relation à peu près normale, comme celle qui existe entre deux personnes susceptibles de s'entendre. Et, d'abord, parler. Une phrase qu'il avait entendue lui revint en mémoire : « On ne reste jamais silencieux face à un ennemi car c'est alors, dans ces moments-là, qu'il sait que vous êtes son ennemi. »

— Vous avez brisé mon ménage, commença-t-il. Lisbeth est partie. Elle ne supportait plus cette situation. L'angoisse permanente. Mes sautes d'humeur. Je suis devenu violent, monsieur Crowder. L'anxiété peut rendre violent.

De nouveau lui revenait l'image de la balance et de ses deux plateaux. Pour le moment, celui où il imaginait marqué « Crowder » se trouvait tout en bas. Il allait devoir peser de tout son poids sur le sien pour rétablir l'équilibre. Faire comprendre à son adversaire que lui aussi avait souffert, que rien ne pouvait se comparer à la perte d'un enfant, certes, mais qu'il avait déjà payé de presque trois années d'enfer. Un acompte. Le solde se trouvait dans la mallette.

Crowder, cependant, ne paraissait guère écouter ce qu'il lui disait. Il avait le regard vague, tourné vers la photo sur la cheminée.

— Elle n'a pas revu Walden depuis de longs mois, reprit Jack. Entre elle et moi c'est sans espoir, oui c'est bien fini. Mais je l'ai avertie que nous allions nous rencontrer, monsieur Crowder, et que j'espérais mettre un terme à tout cela. Je lui ai dit qu'elle pourrait rentrer et que rien ne s'opposerait plus à... Est-ce que vous m'écoutez, monsieur Crowder ?

— Que faites-vous chez moi, monsieur Stephenson ? Je ne comprends pas pourquoi vous êtes venu ici.

— Je suis venu régler une fois pour toutes cette situation absurde. Je suis disposé à consentir le plus gros effort qu'il m'est possible de faire. Afin que Walden puisse revoir sa mère, afin que... Walden est innocent ! Cela, au moins, vous le comprenez, n'est-ce pas ?

Jack sentait la fureur monter en lui, se sentait près de déraper, avait prononcé déjà des mots qu'il aurait dû taire. Il avait si longuement préparé cette entrevue. Profil bas, Jack ! Il avait prévu que Crowder commencerait par refuser le dialogue, sans doute, mais pas que l'homme, l'ayant accueilli, feindrait pour ainsi dire d'ignorer sa présence.

Il ouvrit la mallette sur ses genoux et posa le paquet sur le guéridon, poussant deux verres au risque de les renverser.

— Voilà. Je ne peux pas faire mieux. C'est vingt ans de travail.

— Ce paquet ?

— Oui. 170 000 dollars. Je sais ce que vous

pensez mais c'est toute ma vie. Je ne peux pas vous offrir mieux que toute ma vie.

— Gardez votre vie.

— Je sais ce que vous pensez, répéta Jack. Je sais ce que vous avez perdu. Mais moi, je sais qu'il s'agissait d'un accident, d'un effroyable accident. On ne peut pas réparer l'irréparable, ni par une compensation ni par la vengeance. Alors, je vous donne ce que j'ai, parce que je n'ai pas davantage.

— Si, monsieur Stephenson. Vous avez ce que j'ai perdu. Vous avez votre fils.

— Je ne vous rembourse pas, je me dépouille, pour que vous compreniez l'immensité de mes regrets, ma totale solidarité, mon humilité devant votre terrible chagrin.

Rien, en vérité, ne coûtait davantage à Jack que de prononcer de tels mots. Ce qu'il offrait de plus précieux à Crowder, c'était sa fierté, son orgueil de mâle en Stetson, bottes et Remington.

Crowder enfin se tourna vers lui et le regarda en face, les mains à plat sur ses genoux.

— Je ne veux pas de votre argent, je ne veux rien de vous. Je suis un homme juste, monsieur Stephenson.

Luke Crowder avait lui aussi sa balance. Sur l'un des plateaux, il y avait le corps sans vie du jeune Tim. Tim Crowder, 12 ans, 7 mois et 11 jours. Ces années-là, ces mois-là, ces jours-là pesaient des tonnes. Jack craignait de deviner ce que le père inconsolable aurait voulu voir sur l'autre plateau.

— Nous sommes deux personnes civilisées, dit Jack. Il existe une justice dans ce pays et j'ai pour elle le plus grand respect. Je comprends votre colère. Sans doute à votre place n'aurais-je pas accepté facilement le verdict. Pourtant, le devoir d'un citoyen américain est de se soumettre à la décision du tribunal. S'il m'avait condamné, j'aurais trouvé cela injuste mais je n'aurais pas cherché à fuir la sentence.

— Je me moque de la justice des hommes. Elle ne m'a jamais inspiré beaucoup de confiance et ce procès m'a confirmé ce que je pensais. Le jury n'a pas rendu la justice, il a accordé la victoire au bagou et aux mensonges d'un avocat sans scrupule. Je crois en la justice divine, voyez-vous.

— Œil pour œil, d'accord. Œil pour œil, dent pour dent et ainsi de suite.

Crowder demeura un long moment inerte, sa bouche ouverte sur une langue blafarde et étroite.

— Œil pour œil, récita-t-il enfin, dent pour dent, main pour main, pied pour pied, brûlure pour brûlure, blessure pour blessure, meurtrissure pour meurtrissure.

— Enfin, monsieur Crowder !

— Mais là, nous oublions le début. Exode, chapitre 21. Les premiers mots sont : « Vie pour vie ».

Jack ne fut pas pris au dépourvu. Il avait compris depuis longtemps que ce type était cinglé, un dingue d'un style bien particulier. Un illuminé. Un gars qui lisait la Bible au petit déjeuner puis trois fois par jour et encore un coup avant d'aller se coucher. Alors, il avait mis au point sa réponse.

— Je partage vos convictions, dit-il, et je suis sûr que la foi vous a été d'un grand secours dans cette terrible épreuve mais...

Jack retint les mots qui le démangeaient. Il aurait voulu dire : « Je suis croyant mais pas comme vous. Dans ma religion à moi, Dieu ne cause pas en faisant brûler un buisson et on ne se carapate pas en écartant d'un geste les eaux de la mer. Ma religion à moi, ce n'est pas Disneyland. » Il se pencha pour récupérer le paquet posé sur le guéridon. De crainte de les oublier, il avait écrit là les trois lignes qu'il voulait citer. L'air de rien, ou plutôt l'air de les puiser au plus profond de lui-même, il les lut d'un ton pénétré :

— Vous avez appris qu'il a été dit : « Œil pour œil et dent pour dent. » Et moi, je vous dis de ne pas résister au méchant. Au contraire, si quelqu'un te gifle sur la joue droite, tends-lui aussi l'autre.

Repoussant le paquet, Jack lança à Crowder

un regard soutenu, comme pour le défier de contredire les paroles du Seigneur.

— Pour tout vous avouer, dit Jack, je suis plus féru de philosophie que de religion. Parfois, les deux se rejoignent. J'aime Thoreau, voyez-vous. Et voilà que je m'apprête à l'imiter. Je me dépouille de tout, je renonce à tous mes biens. On verra si je suis capable, comme lui, de trouver le bonheur dans le dénuement. Pour être franc, je ne m'étais pas préparé à ça.

Les yeux de Crowder s'étaient étrécis.

— Walden, murmura-t-il. C'est là qu'il est, n'est-ce pas ?

— Comment ?

— Votre fils. Puisque vous êtes venu ici, dans le Maine, pour me rencontrer, là où je suis parce que je ne pouvais plus vivre à Baltimore. Vous avez laissé votre fils à Walden, je pense.

— Mais non, protesta Jack.

— Vous auriez dû rester auprès de lui, affirma Crowder. Vous auriez dû passer avec lui ces derniers jours. J'aurais donné cher pour garder le mien huit jours de plus. À Walden, oui, sans doute.

— Mais non, répéta Jack.

— Alors, dites-moi où il est.

— Pourquoi ? Pourquoi me demandez-vous ça ?

— Je suis un homme juste. Si vous étiez resté auprès de lui, vous auriez gardé votre fils exactement douze ans, sept mois et onze jours. Le temps que j'ai eu le mien. Voilà qui est juste, je crois.

— Vous êtes fou !

Jack se leva, prit le paquet à deux mains et le tendit au petit homme tassé dans son fauteuil. En même temps, des pensées diverses et chaotiques traversaient son esprit. Il se disait que ce Luke Crowder était un faible, un lâche, qu'avoir attendu si longtemps le moment de la vengeance était la marque d'un esprit irrésolu. Il se disait qu'il aurait pu l'attraper au cou et serrer. Le casser comme une allumette, le broyer. Il se disait que Walden était en sécurité dans la meilleure planque du monde, dans la cabane en rondins, au cœur de la forêt sans limites du Maine (mais quelle idée avait-il eue d'évoquer Thoreau, voulait-il donc mettre Crowder sur la bonne piste ?).

Comme son ennemi, bien sûr, ne l'acceptait pas, il jeta le paquet par terre, sa fortune, le fruit d'une vie de travail. Les dernières paroles du message chrétien figuraient là, griffonnées sur le côté qu'il distinguait : *À qui te demande, donne. À qui veut t'emprunter, ne tourne pas le dos.*

Crowder ne lui avait rien demandé. Mais il tourna le dos, ça oui. Sur le seuil du salon, Jack lança :

— Celui qui essaierait de toucher à un cheveu de mon fils, je l'étriperais à mains nues. Cette morale-là, au moins, je crois que vous la comprenez.

Il n'y eut pas de réponse. Affalé dans le fauteuil, Crowder repoussait le paquet de la pointe du pied, comme s'il s'était agi de la dépouille visqueuse d'une vipère morte.

Jack retrouva seul le chemin de la sortie. Quittant l'entrée où régnait une clarté rougeâtre de salon mortuaire, il respira à fond et desserra le nœud de sa cravate. Il lui tardait de se glisser à nouveau dans un costume qui lui comprimait moins l'estomac.

Des pensées anxieuses commencèrent à le tarauder tandis qu'il s'éloignait du 495, Prescott Lane en direction de l'église presbytérienne. Pour la première fois, il se reprocha d'avoir abandonné Walden seul dans une immensité hostile, à la merci de tous les périls. Ce Crowder était un malade, un maniaque capable de soulever chaque feuille de la forêt. Il éprouva comme une urgence, le désir de foncer auprès de son fils et de le serrer dans ses bras. Peut-être même lui demanderait-il pardon. Il avait laissé sa fierté en miettes sur un tapis crasseux, au pied du guéridon. Rien, maintenant, ne lui semblait plus impossible, il n'était rien qu'il ne pût abandonner.

Il voulait simplement entrer dans la cabane de rondins et s'asseoir devant le grand feu de bûches. Il allait apporter une boîte géante de chili con carne.

À l'approche du parking, une autre inquiétude lui vint à l'esprit. Il avait eu tort de garer sa voiture si près de la maison des Crowder. Loin, un peu loin, sans doute, mais pas assez. Il s'attendit à voir ses pneus crevés.

Il arriva en nage et fit un tour rapide de la Chevrolet afin de s'assurer que tout était en ordre. RAS du côté des Z-rated. Soulagé, il jeta sur le siège passager, où serpentait le ruban gris de la ceinture de sécurité, la cravate sombre et la veste étriquée. Il s'installa derrière le volant et respira à fond, avec délice, la vieille odeur de cuir craquelé et de bois patiné. Dans la Chevy, il était chez lui.

Sans y réfléchir, il se baissa pour tâter le canon de la Remington, se baissa un peu plus car sa main ne le trouvait pas. L'arme avait dû glisser. Il se redressa avant de plonger de façon plus franche en une nouvelle tentative. Son crâne heurta quelque chose. Heurta, en fait, exactement ce qu'il cherchait.

Un homme se tenait derrière lui, sur la banquette arrière. Tout d'abord, Jack eut l'impression d'avoir affaire à un parfait inconnu. Puis les deux visages se superposèrent, celui qu'il apercevait dans son rétroviseur et celui qu'il avait vu à de multiples reprises, sans jamais croiser le regard, à l'occasion du procès. Le second fils Crowder. Il soutenait sa mère et paraissait ne s'intéresser qu'à elle, ne pas écouter ce qui se disait (sauf lorsque Jack avait été appelé à la barre pour donner sa version de l'accident fatal). À peine plus de vingt ans à l'époque, peut-être vingt-cinq donc aujourd'hui. Pourtant, Jack ne l'avait pas identifié sans mal. Le gamin avait mûri et s'était étoffé.

— Baissez cette arme, voyons. Et descendez de là.

— Vas-y, démarre, dit le jeune homme. Change rien à tes plans. Je vais juste là où t'allais.

— Soyez raisonnable. Cela n'a aucun sens.

— Démarre et roule doucement.

— Excusez-moi, dit Jack, je crois que j'ai oublié votre prénom.

Il ne distinguait plus dans le rétroviseur qu'un front rouge et couvert de sueur. Crowder Jr respirait vite et, quand il sentit la carabine lui cogner la nuque plusieurs fois de suite, Jack crut pouvoir conclure qu'il était aussi surexcité que profondément stressé. Le père n'est plus en état de prendre les choses en main, songea-t-il. Ils ont combiné ça à deux mais c'est le fils qui agit. Vingt-cinq ans et toujours à la maison chez papa-maman. Jack savait ce qui soudait la famille Crowder : la haine.

— Je viens de rencontrer votre père. Nous avons fait tous les deux l'effort de nous conduire en personnes civilisées.

— Il attend ce moment depuis près de trois ans. Démarre, Stephenson. Démarre puisque tu es dedans.

— Dedans ? Dans quoi ?

— Je le savais, moi, que tu allais la garder. Est-ce que c'est civilisé, ça ? Après ce que tu as fait !

— Je ne comprends pas...

— Tu me comprends très bien. Je te parle de ta voiture. Si tu étais un homme normal, jamais plus tu n'aurais pu t'asseoir derrière ce volant. Alors, vas-y, démarre.

Jack tourna la clé.

— Je vous dépose devant chez vous. Je n'irai pas plus loin.

— Quand tout ça sera fini, je la réduirai en miettes, dit le jeune Crowder.

La Chevrolet sortit du parking et remonta Prescott Lane à toute petite allure.

— Roule aussi doucement que tu veux, nous avons tout le temps. Encore six jours, je crois.

Jack avançait si lentement que la voiture cala au milieu de la voie. Il y avait à présent deux yeux fous dans le rétroviseur.

— Joue pas à ça avec moi. Allez ! Et tâche de prendre la bonne direction.

Ce n'était qu'un gamin. Jack se retourna à la vitesse d'un paresseux sur sa branche, les mains bien visibles, afin de ne pas risquer de provoquer chez lui de mauvais réflexe. Le garçon s'écarta et se rencogna contre la portière, baissant l'arme de crainte que Jack ne l'attrape au canon. D'avoir son ennemi en face lui fit changer de ton.

— Démarrez, monsieur Stephenson. Faites ce que je vous dis ou je vais être obligé de tirer. Et ça ne changera rien, vous savez, ça ne changera rien du tout.

Jack ne répondit pas. Il venait de découvrir le désordre insensé qui couvrait la banquette arrière. Le jeune Crowder avait fouillé la voiture, vidé le coffre et ses bagages. Des éléments du dossier étaient éparpillés, coupures de presse, notes prises à la hâte, convocations... Il y avait aussi des vêtements, sa parka, un pantalon, des chaussettes, une carte du Maine, des cartouches (du .243 Winchester), il n'eut pas le temps de tout voir.

— Qu'est-ce que vous cherchiez ?

— Je compte jusqu'à trois et je vais tirer.

Une menace d'enfant mais Jack la prit au

sérieux. Les Crowder père et fils étaient cinglés. Il démarra, le 495, Prescott Lane n'était plus qu'à deux cents mètres.

— Je sais où il est, je crois que je sais où il est. Dans la forêt, hein, Stephenson ? On va le trouver, faites-moi confiance.

Il attrapa la carte d'une main fébrile.

— Grouillez-vous un peu, y a quand même des heures de route. Inutile que je vous indique le chemin, je crois.

Jack songea à la petite croix et aux pointillés sur la carte. Il accéléra. Il passa devant la maison des Crowder et accéléra encore. Le moteur tournait de plus en plus vite mais pas autant que ses méninges. Ces gens n'étaient pas seulement dingues, ils étaient méthodiques et acharnés, ils ne lâcheraient pas, ils iraient au bout, « vie pour vie ». Il appuya sur la pédale, à fond.

— Hé !

L'éclat de la Remington traversa le rétroviseur. Jack pila net, plus vigoureusement même que dans ses rêves, juste comme il longeait le portail de Bolton Hardware. La voiture dérapa sur une portion de gravier, partit en travers et tapa de l'arrière contre un pilier de pierre enduit de plâtre. Tout s'était (presque) passé comme Jack l'avait prévu. Le fils Crowder fut éjecté par la brutalité du coup de frein. Mais Jack n'eut pas le temps de s'en réjouir. Cramponné au volant, il parvint à éviter d'être lui-même projeté dans le pare-brise. Le choc vint de derrière. Le canon de la carabine le frappa au-dessus de l'oreille, une fraction de seconde avant que le garçon ne s'encastre entre les deux sièges, la tête presque contre la sienne.

C'eût été pour un œil étranger un singulier spectacle. Un homme répandu sur son volant, un filet de sang coulant dans le cou, puis contre lui un autre, au corps quasi horizontal et dont les jambes s'agitaient dans un fatras de paperasses et de vêtements. Ce fut ce dernier, cependant, qui le premier reprit ses esprits.

Jack fut réveillé par un sentiment de danger immédiat. Quand il ouvrit les yeux, il ne vit qu'une image floue, comme le long ruban gris d'une route au fond duquel grossissait une tache rouge. Son bras droit se détendit et tâtonna, il cherchait auprès de lui la présence rassurante d'un corps endormi. Il prononça le nom de son fils : « Walden », et tenta de le ramener contre sa poitrine pour l'étreindre. La tache rouge se rapprochait, rouge cerise, *dark cherry metallic*. Jack plissa les paupières dans l'attente du choc. Ce fut comme une onde souterraine, un tremblement de terre, il en fut ébranlé jusqu'au creux des orbites et jusqu'aux dents. Œil pour œil et dent pour dent, il les sentait se détacher de lui, il venait de tout donner.

Pendant des minutes entières, il resta hébété par les longues pulsations qui lui traversaient le crâne. La douleur était intense. Sa main gauche se glissa dans une poche et tout de suite trouva le tube. Il en fit sauter le bouchon et avala deux comprimés. Puis, sans l'avoir voulu, il toucha l'os, au-dessus de l'oreille. Un frisson de panique le parcourut quand il constata qu'il n'y avait plus de cheveux mais une surface à la fois rêche et humide. Quand il porta le bout des doigts à son visage, il vit qu'ils étaient maculés de sang. Il répéta l'opération et comprit qu'on avait collé là, sur la plaie, une compresse.

Il ferma les yeux de nouveau et attendit que se calment les battements de son cœur. Dans le noir, les souvenirs lui revenaient plus facilement. Le portail et ses piliers de pierre enduits de plâtre passèrent devant lui, le pare-brise se rapprocha alors que le volant lui comprimait la poitrine, puis ce fut l'explosion dans sa tête. Maintenant, il était enfermé là. Écartant les cils de un millimètre, il conclut qu'il ne s'agissait peut-être pas d'une cave, il y avait trop de lumière (ténue, terne, filtrée par des interstices ou une lucarne voilée). L'endroit était tiède et moite.

Maintenant, il avait envie de regarder. Il aperçut sur sa droite une grosse machine à laver blanche et bancale, et du coup lui vint aux narines une odeur de linge malpropre. Il croyait le voir pendre, juste au-dessus de lui, accroché à des fils. Cela lui évoqua d'abord des serviettes grises de crasse puis il pensa qu'une pluie de mouches s'était abattue sur le linge étendu. Il cligna plusieurs fois les paupières jusqu'à ce que cesse le fourmillement. Quand la danse des petits points noirs se fut calmée, Jack comprit qu'il s'agissait de caractères d'imprimerie, de lettres sur du papier journal. Les feuilles étaient attachées à un fil de nylon par des pinces en plastique de couleur. Il y avait aussi des photos et, sur les photos, la Chevrolet rouge (même sur les clichés en noir et blanc, Jack la voyait rouge).

Il fit un violent effort pour se redresser. Il voulait se lever et arracher tout ça. Quelque chose lui tira sur la jambe. En la ramenant sous lui, il entendit le bruit du métal qui raclait le sol de ciment. Un bracelet de fer était fermé sur sa cheville gauche et tendait une courte chaîne. Il se laissa retomber en arrière tandis qu'une soudaine gerbe d'étincelles explosait derrière son front. Un mot effleura ses pensées confuses : « buanderie », c'était une buanderie.

Jack ne pouvait pas bouger, il ne voulait pas voir ; il s'efforça d'écouter. Il perçut quelques bruits dans la maison mais si lointains, si légers qu'ils ne signifiaient rien. En vérité, le martèlement continu à ses tempes faisait un plus grand vacarme que les sons venus du dehors. Le docteur lui avait dit de ne pas prendre plus de trois cachets par jour (matin, midi et soir) mais le docteur n'avait pas prévu qu'on l'assommerait avec le canon d'une Remington (il se figura brusquement ce qui s'était passé, cela ressemblait à un coup de billard, avec sa tête à la place de la bille). Il se trompa d'abord de poche, cherchant dans la droite ce qui se trouvait dans la gauche. Le tube. Il en ôta le bouchon avec les dents et avala deux comprimés de plus.

Une sensation bizarre persistait au bout de ses doigts. Il plongea de nouveau les mains dans ses poches, celles de sa veste, y compris à l'intérieur, contre sa poitrine, celles aussi de son pantalon. On l'avait fouillé, on ne lui avait rien laissé, que le tube qu'il venait de secouer pour essayer d'évaluer combien il restait de comprimés. Ils ont vidé le coffre, ils ont vidé la mallette et ses dossiers, ils ont vidé mes poches. La seule chose qui ne les intéresse pas, c'est le fric. Jamais il n'avait eu à ce point l'impression d'être vulnérable, on pouvait même dire vaincu. À la merci d'un duo de barjots (la mère, il ne savait pas ce qu'elle pensait de tout ça). Pourtant, Jack ne s'inquiétait pas trop pour lui-même. Il avait compris depuis longtemps que les Crowder n'avaient pas l'intention de s'en prendre directement à lui. Il n'était plus en mesure de protéger Walden, voilà ce qui l'accablait.

J'aurais dû l'emmener n'importe où sauf au Pérou. Loin. Pas là. Pas dans cette clairière.

La forêt qu'il avait mise à des heures de route derrière lui ne lui paraissait plus si éloignée. Malgré ses dizaines de millions d'arbres, ses six mille lacs et étangs, ses cinquante mille kilomètres de rivières et torrents, elle ne formait plus dans ses pensées qu'un terrain de jeu étriqué. Au milieu, la cabane de rondins ressemblait à un drapeau signalant le trou sur le green d'un parcours de golf.

Ce n'est pas moi qui suis à leur merci, c'est Walden.

Il se tordit le cou pour distinguer l'extrémité de la chaîne. Elle était fixée à un gros anneau lui-même scellé dans une lourde plaque de béton, sans doute l'accès à une fosse. En pleine possession de ses moyens, il aurait probablement pu la soulever. Mais à quoi bon ? Ce truc devait peser davantage qu'un boulet de forçat. Et l'effort qu'il venait d'accomplir avait suffi à le plonger dans un nauséeux vertige. Il serra les dents et bloqua sa glotte pour empêcher les calmants de remonter à sa gorge.

Les comprimés firent effet. Il en avait absorbé plus que de raison si bien qu'il sombra dans une somnolence qui s'apparentait à un état quasi comateux. Ce n'était pas plus mal ainsi car, dès qu'un peu de conscience lui revenait, il se sentait comme pris dans un étau entre sa migraine et ses angoisses. Dans un moment de lucidité, il songea que les Crowder n'étaient pas seulement fous, ils étaient également stupides. Il fallait être d'une totale débilité pour faire ce qu'ils avaient fait, pour le mettre face à son crime. « *LE MEURTRIER À LA CHEVY ROUGE* ». Un courant d'air venu d'il ne savait où gonflait les feuilles de papier journal où s'étalaient tous les détails de l'affreux accident.

Quelques heures plus tard (combien ?), il entendit une cascade de petits bruits et devina qu'on repoussait un verrou, qu'on tournait une clé. Il s'apprêta à recevoir de la visite.

Jack se souleva péniblement, en appui sur les coudes. Il ne voulait pas qu'on le trouve gisant comme une bête terrassée. Même enchaîné, il les affronterait. Inutile d'en appeler à leur raison, il fallait leur faire peur. Dire qu'avant de partir il avait indiqué où il se rendait et laissé des instructions au cas où il ne donnerait pas signe de vie. Dire qu'ils finiraient leur vie en prison, le père et le fils, et que la mère serait jugée comme complice. Cette femme, pensait-il, était sa meilleure chance. Il avait vu au procès qu'elle n'avait pas de nerfs.

Dès qu'il distinguerait les pieds, il saurait lequel des trois c'était. Mais rien n'entra qu'une barre de lumière. Il perçut un raclement, le genre de son qu'on produit en traînant quelque chose. Près des casiers à bouteilles en bois, à gauche du panier d'osier, apparut un plateau rond avec, dessus, un pichet de grès, un morceau de pain, une assiette. Il avançait de façon saccadée, comme animé d'une vie propre et hésitante... poussé, lui sembla-t-il, par un manche à balai.

Le rai de lumière s'effaça et une série de cliquetis lui annonça la fermeture de la porte. Il n'y aurait pas d'affrontement. Ces gens, il aurait dû s'en douter, étaient aussi des lâches. Jack rampa sur le sol de ciment et s'allongea de tout son long pour attraper le bord du plateau et l'amener à lui. L'eau lui fit un bien fou. Plus tard, il réussit même à manger. Puis les ténèbres se firent dans le local.

Sur son passage, tout à l'heure, alors qu'il tendait la chaîne pour s'emparer du plateau, il avait remarqué un petit objet noir, sans doute le fragment d'un morceau de charbon destiné au chauffage. Jack partit à sa recherche. Quand il l'eut récupéré, il choisit un support, un bout de carton égaré. Jack fit ses comptes, hésita, se décida pour : 12 ans, 7 mois et 5 jours. Il n'avait pas l'esprit très clair mais quand même assez pour calculer que onze moins cinq fait six. Demain, quand il s'éveillerait (s'il parvenait à dormir), il resterait cinq jours. Cinq jours pour agir, cinq jours pour se tirer de là et pour sauver Walden.

Allongé, il tenait le petit morceau de carton gaufré presque contre ses yeux. Il contempla longuement les signes, les lettres et les chiffres tracés au charbon noir. Il les interrogeait, comme s'ils pouvaient lui donner une idée. Il n'en eut aucune, pas la moindre. Il s'était laissé piéger comme un rat par des crétins qu'il aurait été capable de balayer d'une chiquenaude. Il fallait donc qu'il soit encore plus stupide qu'eux. À quoi cela lui avait-il servi d'observer John Wayne sur des kilomètres de pellicule ? N'aurait-il pas dû apprendre que certains conflits se règlent à la Remington et à la Winchester, que la paix et la justice s'arrachent à la pointe du canon et jamais, jamais ne s'achètent ? Il avait été puni. Et maintenant, la pointe du canon lui paraissait faire partie de son crâne. Il en venait même à se demander si, sous la compresse, l'os n'était pas fissuré.

Jack passa les jours suivants à se poser les mêmes questions. Il parvint à récupérer l'une des pinces à linge en tirant un coup sec sur une page du *Sun* (« UN JEUNE SKATER FAUCHÉ DANS LE BROUILLARD »). Il la détruisit et jeta loin de lui, sous un cageot, les fragments de plastique, pour ne conserver que le ressort en fil de fer. Il tortura pendant des dizaines de minutes la serrure du cadenas qui fermait le bracelet de métal sur sa cheville. En vain. Au-delà de l'angoisse qui montait au fil des heures, au-delà de la colère, Jack devait faire face à un sentiment qui lui était jusqu'alors inconnu : la déception, l'immense déception que lui inspirait sa propre personne. Il n'avait pas été capable d'être John Wayne quand il lui fallait être John Wayne, façon *Rio Bravo*. À présent, il échouait de façon tout aussi lamentable dans le rôle du roi de l'évasion.

Il n'avait plus d'excuse, désormais. Sa plaie au cuir chevelu ne le faisait presque plus souffrir. Il avait tout le temps de réfléchir et ses mains étaient libres. Pourtant, ce trio de branquignols le tenait sous sa coupe. Invisible, à peine audible. Les Crowder l'avaient attaché à un piquet comme un chien méchant dont on craint la morsure. Mais ce n'était rien. Le plus terrible était ce qu'ils s'apprêtaient à faire. Le plus terrible était qu'il n'allait pas savoir les en empêcher, que Jack Stephenson ne se montrait pas à la hauteur et qu'il allait payer ça du prix le plus élevé qui se pouvait imaginer.

Pendant plusieurs jours, il s'était bercé de l'illusion que Walden était comme la fameuse aiguille nichée dans la botte de foin, comme une fourmi cachée dans les étendues sans limites de la grande forêt du Maine. Pendant plusieurs jours, il avait essayé de se convaincre que son seul véritable sujet de préoccupation était l'aptitude du gamin à survivre par ses propres moyens, à affronter les affres de la solitude, la terreur des nuits dans les bois sauvages. Les Crowder avaient autant de chances de le repérer que les Orioles de remporter la prochaine série mondiale (c'était dire !).

Puis, un matin, il perçut des voix de l'autre côté de la porte qui bouclait la buanderie. Plus fortes que d'habitude. Si claires que l'intention était évidente : on désirait qu'il entende. Un mot revenait, un nom, l'un de ces noms algonquins dont sont baptisés les innombrables monts, rivières et lacs du vaste territoire dont on avait dépouillé les Indiens. Jack le reconnut. Il désignait le lac le plus proche de la clairière et de la cabane de rondins. Nahmakanta.

La veille au soir, il avait marqué sur son bout de carton : 12 ans, 7 mois et 9 jours, et son cœur s'était serré car, vraiment, le moment fatidique approchait.

# LE ONZIÈME JOUR

La piste pouvait-elle être si longue ? Non, sans doute. C'était simplement que la petite Ford Panda d'Amy la parcourait à une vitesse d'escargot. Sans cesse, son pied nu relâchait la pression. Alors, à gestes nerveux, elle passait des codes aux pleins phares et, zigzaguant un peu, explorait la forêt à courts ou longs traits de lumière. Walden près d'elle finissait de vider de son eau tiède la bouteille de plastique bleu.

— As-tu moins faim ? lui demanda Amy.

Walden interrogea son estomac, secoua la tête d'un air navré.

— Pourtant, j'ai tout mangé, même les miettes au fond du paquet. Je crois qu'il restait neuf biscuits.

— Il est encore temps de renoncer à cette expédition délirante. Je t'emmène dîner où tu veux. Hot dog, hamburger, pizza, dinde farcie. À moi aussi, ça me ferait du bien.

— Je crois que nous approchons. Tenez, là, de l'autre côté, il y a le cratère.

Amy braqua un peu, tenta d'éclairer la scène.

— On ne peut pas le voir. C'est tout un coin de forêt qui a brûlé. On dirait qu'on a fait rôtir des arbres dans une cheminée géante. C'est assez effrayant, ces cendres et ces morceaux de bois calcinés.

La Panda était à l'arrêt et ronronnait doucement.

— Si vous voulez me laisser là... Je pense être capable de me débrouiller. J'ai fait le chemin plusieurs fois.

Amy acquiesça d'un air pensif et Walden supposa qu'elle acceptait la proposition. Mais il ne se sentait pas encore prêt à ouvrir la portière et descendre de la voiture.

— Vous n'allez plus faire de bêtises, n'est-ce pas, Amy ? dit-il du ton qu'adopte un adulte pour morigéner un gamin désobéissant.

— Moi, je fais des bêtises ?

— Vous savez très bien. Plus essayer de...

— Quand le moment est passé, le moment est passé, approuva Amy.

Cependant, au bout d'un instant de réflexion, elle ajouta :

— Mais il peut toujours revenir, bien sûr.

— Je serai là, certifia Walden. Je vous empêcherai.

— D'accord. C'est noté. Si jamais l'envie me reprend, je t'enverrai une de mes chaussures, comme ça tu sauras.

Walden accueillit la promesse d'un air grave, sans sourire. Amy avait le bout des doigts sur sa clé de contact. Elle semblait se demander si elle devait redémarrer.

— Vous ne m'avez toujours pas expliqué comment vous connaissez mon nom, lui dit Walden. Et celui de mon père.

Amy se mordilla les lèvres, soupira. Elle hésitait.

— Tu n'es donc pas au courant ? Cet accident, tu n'en as jamais entendu parler ?

— Quel accident ?

— Oh ! Seigneur ! Est-ce que je vais vraiment être obligée de te raconter tout ça ?

Amy, naturellement, n'avait en sa possession que de maigres informations, les souvenirs de quelqu'un qui pendant des années avait feuilleté les journaux sans pouvoir empêcher son cœur de bondir quand une jeune vie était en cause. La Chevrolet l'avait marquée. Dans la presse de l'époque, plus que son conducteur, plus même que sa victime, elle était devenue le personnage

central du drame. Amy émit à voix haute l'hypothèse que, peut-être, une auto d'un modèle plus
courant, une auto d'une autre couleur, aurait
moins frappé les esprits. La Chevrolet Impala SS
1995 rouge cerise, *dark cherry metallic*, sortant du
brouillard, s'était muée en tueuse avide de sang.
Longtemps, sa silhouette caractéristique avait
effacé l'homme derrière le volant. Jack Stephenson
n'avait pris corps aux yeux des gens que lors du
procès. Nombre d'honnêtes citoyens avaient été
scandalisés par le renversement qui s'était opéré
entre les murs du tribunal, le meurtrier se muant
en irréprochable victime de la fatalité tandis que
le malheureux enfant faisait figure d'imprudent
casse-cou.

— Ton père s'en est tiré, tant mieux pour lui,
mais les avocats sont des gens ignobles.

— S'il a été acquitté, c'est qu'il était innocent,
proclama Walden.

— Sans doute.

— Pourquoi avez-vous prétendu que mon père
est un assassin ? C'est horrible, d'avoir dit ça.

— J'ai eu tort. Je te demande pardon. J'ai trop
mal aux pieds, depuis deux jours. Contrairement
à ce qu'on pense, ce sont les pieds qui gouvernent
la tête et non le contraire. Quand j'ai mal comme
ça, je suis capable de faire ou de dire n'importe

quelle stupidité. Tu l'as très bien remarqué toi-même.

— Et pour conduire, comme ça, sans chaussures ?

— Je n'affirmerai pas que c'est confortable mais je pense être en mesure de nous sortir d'ici et de rallier la pizzeria la plus proche.

Walden regardait droit devant lui.

— Je dois aller jusqu'à la cabane. Comme si j'avais rendez-vous, vous voyez.

— Eh bien je t'accompagne, que cela te plaise ou non. Ce que tu m'as raconté tout à l'heure... Dieu du ciel, cette voiture ! Vraiment, Walden, tu n'avais jamais entendu parler de rien ?

— Disons que je comprends mieux certaines choses. Mes parents m'ont envoyé passer quatre jours chez ma tante Marta et je commence à deviner pourquoi. Ça devait être au moment du procès. Tiens ! Même...

— Oui ?

— Elle n'allumait jamais la télé. Ma tante. À mon avis, elle avait peur que je tombe sur les infos. Ça m'aurait fait un drôle d'effet d'entendre le nom de mon père ou de le voir avec des menottes ou je ne sais quoi. Je n'avais que dix ans, vous savez.

— Cette femme a eu raison.

— Et après, à la maison… je sentais bien qu'il y avait un problème.

Tandis que Walden entreprenait de dresser la liste des problèmes, les violentes disputes entre ses parents, la folie sécuritaire de son père et finalement le soudain départ de sa mère, Amy remettait le contact. La Ford Panda, cette fois, roulait vers la clairière.

— J'ai tué une marmotte pas loin d'ici.

Amy donna quelques coups de phares dans la nuit, roula au ralenti pendant encore une centaine de mètres puis éteignit tout.

— J'aimerais savoir ce que nous allons trouver, dit-elle. On va descendre et terminer à pied. Je pense que le mieux est d'essayer d'approcher sans donner l'alerte.

— Je n'ai pas besoin de vous, dit Walden.

Amy lui effleura le genou et il fit un bond à se cogner au toit de la Panda. Jamais elle n'aurait osé insinuer qu'il avait peur. Walden était simplement tendu comme le ressort d'une arbalète de compétition.

— Je ne me sens pas tranquille, commença-t-elle. Ce ne serait pas bien de ta part de me laisser. Si je reste en retrait, sans te gêner…

La piste à cet endroit s'enfonçait sous une voûte de branches où s'accrochaient les dernières feuilles de l'automne. La clairière était au bout, après un léger coude, et n'existait à leurs yeux que sous l'apparence d'une lentille de timide clarté. Chacun de son côté, d'un mouvement simultané, ils ouvrirent la portière. Amy s'effaça pour que Walden avance le premier. Elle regardait avec un sentiment de surprise le canon de la carabine qui pointait au-dessus de l'épaule du petit homme. Dans son dos, comme une épine sur l'échine d'un animal préhistorique, il y avait la batte de base-ball.

Walden s'arrêta si net qu'Amy faillit buter contre lui.

— Mon père s'était garé là, dit-il en montrant une portion de l'allée plongée dans l'ombre.

Trois pas plus loin, il la découvrit. La brise avait nettoyé le ciel nocturne et la Chevrolet baignait dans une flaque de lune, tournée de trois quarts vers eux comme si elle montait la garde devant la cabane de rondins. Rouge sang, blessée, maléfique. Le capot était cabossé, la porte du coffre à demi soulevée, la portière avant droite entrouverte, le pare-brise émietté. Elle portait partout les plaies du combat livré dans la forêt, phares brisés, tôle bosselée. Walden crut la voir fumer encore, il crut sentir son odeur de vieux cuir, de gomme brûlée, d'huile, d'essence. Percevant les étranges vibrations qu'elle émettait, il sut qu'elle était prête à rugir de nouveau, à reprendre l'assaut.

La main d'Amy l'attrapa au coude.

— Il n'y a personne, on dirait.

Walden distinguait à présent quelques objets éparpillés autour de la voiture, une corde, l'accordéon d'une carte routière, des papiers et des journaux que le vent secouait dans l'herbe.

— Je préfère que tu ne t'approches pas.

La courte cheminée posée sur les éclisses du toit crachait un peu de fumée. Walden pointa un doigt vers la cabane, un sourire incertain sur les lèvres.

— Je crois qu'il m'attend.

— N'imagine pas. Nous ne sommes sûrs de rien.

— Je vais faire le tour. Je reste entre les arbres, promis.

— Walden, non...

— Est-ce que vous savez tirer, Amy ?

— La dernière fois, c'était il y a plus de quarante ans, avec des fléchettes à ventouse. Et encore, je ne suis pas certaine d'avoir eu le lapin en carton.

Walden lui mit la carabine dans les bras.

— Vous me couvrirez.

— Nous ne sommes pas dans un western. Puis sur quoi voudrais-tu...

— Si la voiture bouge. Dans les pneus, Amy.

Il prit la batte, fouetta l'air deux ou trois fois.

— Je jette un coup d'œil de l'autre côté. Je vous ferai signe de me rejoindre si tout va bien.

Il se plia en deux, se faufila sur sa gauche, tel un Algonquin sur le sentier de la guerre. Il choisissait les buissons, allait d'un arbre à l'autre. C'était sa forêt, ici, il pensait l'avoir apprivoisée. D'ailleurs, aucune liane ne chercha à le retenir et les simulies ne l'importunaient plus.

Pendant un moment, il erra dans les ténèbres, avec pour seul repère la tache scintillante de la Chevrolet. La cabane lui présentait un flanc aveugle. Rester à couvert l'obligeait à emprunter un long et tortueux parcours mais il avait l'impression de le connaître par cœur, avec ses souches, ses rochers, ses branches basses, ses tiges griffues, toutes ses embûches. Il écarta les rameaux desséchés d'un vieux pin et franchit sans hésiter un lit de cailloux qu'il savait tapissés de mousse et glissants. Voilà, enfin, qu'il faisait face à la fenêtre par laquelle, des heures durant, il avait guetté le retour de son père.

Elle était éclairée et, derrière les carreaux, se dessinait une silhouette familière. Il ne s'agissait pas d'une lumière franche, comme celle que donne une lampe, mais d'un halo assez vague, en arrière-plan, si bien que Walden ne distinguait qu'un contour. L'homme, de surcroît, ne s'était pas collé à la fenêtre comme il l'avait fait lui-même afin de scruter la ténébreuse forêt. Impossible cependant de ne pas le reconnaître, et le Stetson qui le coiffait n'y était pour rien. Il ne s'agissait pas non plus du profil que Walden croyait deviner au gré des fluctuations de la clarté. Il identifia son père à la pose, à l'indéfinissable particularité de la posture, à cette épaule qui de loin faisait comme une bosse. Sans doute même était-il un peu plus voûté qu'à son habitude, probablement assis sur l'un des tabourets. Walden imagina qu'il surveillait le feu dans la cheminée, les bûches montées en tipi, et au-dessus peut-être la marmite où une, non, deux bonnes boîtes entrouvertes chauffaient dans un fond d'eau.

Sa faim était telle qu'il ne pouvait envisager de perspective plus merveilleuse.

Walden se demanda s'il devait aller à la fenêtre et frapper au carreau, surprise ! Ou bien se diriger vers la porte et entrer sans s'annoncer, surprise plus grande encore. Mais il soupçonnait son père d'avoir tout prévu, tout préparé. Pourquoi, sinon, *deux* boîtes mijoteraient-elles dans l'âtre ?

Des images du début de la nuit lui revinrent à l'esprit. Il jeta un coup d'œil anxieux en direction de la voiture dont seule une aile apparaissait derrière l'angle de la cabane, morceau de tôle que la lune bombardait de reflets sanglants. Amy se tenait dans une zone peinte en grisaille sous les arbres, et Walden vit qu'elle tenait la Remington à deux mains, levée devant elle, comme on agrippe contre le vent le manche d'un parapluie.

Son père s'était penché davantage ou plutôt il se balançait ainsi qu'il le faisait autrefois, il y avait bien longtemps, quand il lui chantait une comptine. Son corps oscillait bizarrement, ce qui lui donnait un air étranger. Walden, de nouveau, était pris d'un doute. Il regretta d'avoir laissé la carabine à Amy. Il aurait préféré avancer vers la cabane le canon droit, le doigt sur la détente. Le conducteur au Stetson entraperçu quelques heures auparavant lui semblait susceptible de reparaître à tout instant, tel le fantôme dément de Jack Stephenson. Walden craignait de le voir prendre de nouveau la place de son père.

Une soudaine bouffée de lumière lui arracha un cri. Elle avait empli toute la fenêtre et toute la cabane, effaçant l'espace d'une seconde la forme des choses. Walden vit la silhouette se balancer encore une fois, d'un mouvement plus fort et plus violent puis, alors qu'il s'attendait à en capter enfin le dessin le plus net, le plus incontestable, elle bascula à la façon dont s'effacent les lapins quand l'embout de caoutchouc des fléchettes les frappe. Il n'y eut plus derrière les carreaux que le souffle vagabond du feu et Walden, d'où il se tenait, eut la cruelle certitude que les flammes venaient de quitter l'âtre pour se répandre dans la cabane.

Le petit film se déroula devant ses yeux en une succession de flashs héroïques. Il se précipitait vers la fenêtre et la fracassait à coups de batte de base-ball ; il l'escaladait sans prêter attention à la morsure des échardes de verre ; il sautait. Là, le scénario devenait confus. Il ne parvenait pas à se figurer son père en péril, il ne parvenait pas à s'imaginer le sauvant. Déjà, il avait admis l'absurdité de son plan. Est-ce que la porte n'était pas ouverte ?

Il courut et Amy, là-bas, baissa vivement la carabine comme si elle craignait les conséquences d'un geste maladroit. Il pointa un doigt vers la cheminée d'où s'échappait une fumée plus épaisse et plus noire, doutant qu'elle pût comprendre ce qui se passait derrière les murs de rondins. Walden se précipita contre la porte, l'épaule en avant comme il l'avait vu faire tant de fois par flics et pompiers. Le premier jour, avant de le quitter, son père lui avait montré le loquet. Ce n'était qu'un morceau de métal assez frêle sous la protection duquel il ne s'était jamais senti en grande sécurité. Il insista mais la porte ne frémissait pas, semblant tenue par une barre pareille à celles que Jack, à une certaine époque, avait placées à toutes les ouvertures de la maison de Baltimore. Il donna un inutile coup de batte à la hauteur où, à l'intérieur, se trouvait la poignée.

Dans ces cas-là, il le savait, le plus efficace était de détruire les charnières ou le bâti, que ce soit à la hache ou avec une arme à feu. Il se tourna vers Amy dans l'intention de l'inviter à le rejoindre d'urgence. Le .243 Win, il le craignait, entrerait dans le bois sans causer de gros dommages. Mais il fallait essayer, et vite. Il héla Amy en agitant la batte puis, à cet instant, entendit le bruit du moteur qui démarrait.

Il ne le reconnaissait pas. Jamais la Chevy n'avait émis une toux aussi rauque. Jamais le ronronnement de la mécanique n'avait été accompagné d'une telle cascade de sons. Tout s'y mêlait, la plainte des essieux, le battement des portières, le frottement de la tôle, la chute en grêle sur le capot des fragments de verre Securit. Mais la vieille Impala 95 avançait et se dirigeait droit vers lui. Tassé derrière le volant, le conducteur ne lui montrait, dans le noir de l'habitacle, qu'un visage caché par l'ombre d'un Stetson et deux mains gantées.

La voiture accéléra brusquement et la porte du coffre se souleva en entier.

L'intention était claire : l'écraser contre les rondins de la cabane. Walden bondit de côté tandis que la Chevrolet pilait face à la porte, dans un jet de poussière et de gravier. Sa main gauche, qui tenait la batte, fit un large mouvement de défense. La tête du bâton heurta avec violence le flanc du véhicule, rebondit, lui échappa.

Il aurait presque pu plonger sur la banquette arrière. La portière était ouverte, elle claquait et grinçait, déformée, et vomissait feuille après feuille du papier imprimé, des morceaux de journal et même, lui sembla-t-il, quelques billets de banque. Un rugissement le contraignit à fuir. La frêle silhouette affolée d'Amy le dissuada de foncer vers la forêt. Il contourna la cabane.

En quelques enjambées, il se retrouva de l'autre côté, devant la fenêtre qu'emplissaient les éclats enfumés de l'incendie. Il eut juste le temps d'apercevoir l'entassement des bûches, les dernières de sa maigre provision, qui flambait avec le coffre d'Ali Baba.

Puis un corps, allongé dans la pièce, un corps qui luttait pour se redresser mais n'y parvenait pas, un corps noyé dans les ondes troubles du feu. Le tabouret était toujours contre ses fesses, dans ses jambes, comme un chien hargneux dont on ne peut se défaire.

Walden regretta d'avoir lâché la batte. Il donna dans les vitres un coup de coude au moment où la Chevrolet de nouveau prenait son élan, embarrassée de le trouver aussi près de la cabane. Alors qu'il sentait sur sa figure le vent chaud d'un jet de vapeurs toxiques, Walden comprit que la grosse voiture essayait de le débusquer. Elle n'en voulait qu'à lui et craignait sans doute d'emboutir avec violence les rondins empilés. Son moteur émettait d'horribles grincements et perdait des fluides à chaque tour de roues (eau, huile, essence ?). Peut-être ne survivrait-il pas au prochain choc.

La clarté qui se répandait par la fenêtre fracassée l'entourait d'un halo tremblant qui lui rappela les cercles concentriques d'une cible. Walden longea la bâtisse, tourna à l'angle suivant puis, comme une aile rouge réapparaissait, décida de traverser la clairière au galop et d'attirer la Chevrolet dans la forêt. Les yeux encore pleins de la lumière du feu, il eut l'impression de se précipiter dans un gouffre de ténèbres. Au bout, là-bas, s'agitait Amy, Amy qu'il avait presque oubliée.

— Tirez ! hurla-t-il. Tirez, Amy ! Les pneus !

La Chevy sautait sur les rides du sol dans un effrayant vacarme de ferraille. Walden, pour l'éviter, dut partir à angle droit et l'obliger à chasser de l'arrière dans un taillis égaré. Le conducteur ne lui semblait pas très habile. Son père, à coup sûr, aurait maîtrisé le véhicule autrement mieux. Il se glissa entre deux arbres, assourdi par la note menaçante, interminable, d'une trompe. L'avertisseur, sans doute, s'était coincé.

À 30 mètres de lui, Amy contemplait la carabine. Elle tenta de viser mais ses doigts ne savaient que faire. Y avait-il un cran de sécurité ? Y avait-il des cartouches dans le chargeur ? Il y eut une déflagration et la petite femme tomba à la renverse, surprise d'avoir déchaîné un tel cataclysme. Walden perçut le son plaintif de sa voix. Elle l'appelait, désespérée.

Maintenant, la Chevy était dans la forêt. Walden allait d'un arbre à l'autre, découvrant des espaces plus vastes que dans son souvenir, et chaque fois qu'il se retournait le museau englué dans les ombres réapparaissait. Il revivait la scène survenue quelques heures auparavant, désarmé cette fois, sans la Remington et sans la batte.

Les roues écrasaient tout, les buissons, les arbustes, elles bousculaient les fagots et les petits tas de bois mort qu'il avait laissés au bord des allées en prévision des jours prochains. Satanée carabine ! Il ne les aurait pas ratés, lui, les Z-rated !

Mais il ne les voyait plus. La voiture avait abandonné à la lune ses reflets mauvais : sous le couvert des arbres, elle n'était plus qu'un monstre furtif qu'annonçaient piaillements et grondements, puis toujours le sinistre mugissement de l'avertisseur. Du coup, Walden n'évaluait plus bien les distances. Il croyait la Chevy sur sa gauche, elle surgissait face à lui ; il la pensait lointaine et elle était là, derrière le sourire vorace de son radiateur mis à nu. Alors qu'elle venait de franchir un talus où subsistait une souche rase, Walden aperçut dans la nuit l'éclair d'un projectile. Un frisbee géant atterrit à cinq pas de lui, dans un bruit de casserole. Walden en connaissait les spécifications par cœur et elles lui montèrent à l'esprit : enjoliveur en alu brossé 17 pouces.

Brusquement, tout changea. Walden cessa de s'inquiéter pour lui. À l'abri d'un bouleau tortueux, il eut un geste de la main pour le chasseur infatigable qui approchait. « Stop ! Assez ! Pouce ! » disent les enfants. À travers un éventail de branches ployées, il distinguait sous les taches lumineuses du clair de lune un lourd panache de fumée noire. Et, venant du côté opposé de la cabane, vomies par la fenêtre brisée, d'angoissantes bouffées rougeâtres.

Il se sentait pris entre deux personnages, deux

profils coiffés d'un Stetson. Jack Stephenson et son double. Il ne savait plus où était le vrai, celui qu'il avait toujours appelé papa. Walden se décida pour la cabane parce que celui qui le traquait dans les bois était un monstre, parce que Jack ne pouvait pas être un monstre. Mais il lui était difficile d'ignorer qu'en faisant ce choix il courait à sa perte.

Tandis qu'il se ruait vers la bicoque en feu, il songea à la hache. « La hache, papa ! » Elle était restée à l'intérieur. Il était parti chargé de la batte et de la carabine, il n'avait pu tout prendre. La hache, voilà ce qu'il lui aurait fallu.

La porte. Close. Solide. L'incendie faisait rage de l'autre côté mais il n'en percevait ni la chaleur ni la lumière. La porte était un mur. La porte le séparait de son père. Il crut entendre un râle, une plainte.

Il se retourna. La Chevrolet brinquebalait au milieu de la clairière, ouverte à tous les vents. À cet instant, elle ressemblait à un spectre sorti du cimetière des voitures abandonnées, à une morte vivante revenue du pays des épaves. Sans âme mais non sans volonté. Elle se préparait à l'ultime festin. La lune, au-dessus d'elle, coulait lentement dans les arbres.

La vieille Chevy donna tout ce qu'elle pouvait. Le peu de puissance, le peu de vitesse dont disposait encore son moteur. C'était suffisant, largement suffisant. Dans une explosion de sons métalliques et d'éructations pathétiques, elle roula vers l'enfant collé à la porte de la cabane. Battant des portières, battant du capot. À quelques mètres de sa proie, elle trouva assez de ressources pour accélérer. Grandes ouvertes, ses mâchoires d'acier crachaient des étincelles et des paquets de fumée.

Elle fonça.

Walden plongea.

À l'ultime seconde, il plongea. Oui, comme Cal Ripken touchant à la base conquise. Il plongea pour être sauf. De tout son long sur le sol, il sentit les pneus Z-rated lui effleurer les pieds. Il y eut ensuite un raffut assourdissant comme tout l'avant de la voiture s'encastrait dans la cabane. Un instant, Walden crut qu'il allait être pris sous un déluge de bois, que les rondins empilés, les plus forts en bas, les plus minces en haut, allaient tomber telles les quilles d'un bowling. Couchés, ils l'étaient déjà. Ils s'affaissèrent autour de la porte éventrée. Quelques-uns dégringolèrent sur le toit de la Chevrolet, un dernier tapa douloureusement la jambe de Walden. Quand il se releva, il contemplait le profil du conducteur. Profil jeune, profil inconnu, à demi masqué par le grand Stetson tombé sur l'oreille.

Le garçon se battait encore avec les pédales et le volant, et lui présentait un œil exorbité.

Walden pensa que c'en était terminé, que la Chevrolet ne bougerait plus. Jamais. Mais elle recula soudain d'un bond, emportant la moitié de la porte. Dix mètres plus loin, elle cala ou, plus probablement, rendit l'âme.

Il s'était relevé et avait couru comme s'il lui fallait atteindre la base suivante, comme lorsqu'on croit que la balle ne reviendra plus. Il s'arrêta, haletant, au milieu de la clairière. La lune s'était prise dans les branches hautes de la forêt et tout le paysage s'était fondu dans la même ombre grise et terne... sinon que s'y était ouverte la gueule rougeoyante de l'incendie. Sidéré, Walden vit émerger des flammes une étrange créature. Elle rampait sur l'herbe de la clairière, suivie par un panache de fumée. Couché sur le côté, le corps traînait le tabouret attaché à ses fesses (un manche à balai, mais Walden ne le distinguait pas, était lié à son dos). Par quelque miracle, le Stetson était toujours enfoncé sur son crâne et lui dissimulait le visage. Walden, pourtant, n'avait aucun doute : c'était son père.

Un cri l'alerta. Ce n'était pas le premier qu'Amy poussait mais c'était le premier que Walden entendait. Il tourna la tête vers elle, le temps de l'apercevoir qui se débattait avec la

Remington. Décidément, elle ne savait pas s'en servir.

— Attention ! hurla-t-elle.

L'appel d'air produit par le démantèlement de la porte avait attisé le feu. D'un coup, les flammes étaient montées jusqu'aux éclisses de la cabane à laquelle elles faisaient maintenant une couronne. Grimpée sur le toit de la Chevrolet, une silhouette tenait le centre de cette roue éclatante. Le garçon avait épaulé la carabine, la Remington numéro deux, et visait Walden. Ce que la Chevy n'avait pas fait, le .243 Winchester l'accomplirait.

Amy cria de nouveau mais sa voix se perdit dans le fracas des rondins qui s'écroulaient, dans les crépitements et les sifflements du sinistre. Le son de la poudre, pourtant, se fraya un chemin dans le tumulte. Le claquement sec de la balle qui fuse, tous l'entendirent. Amy l'entendit, Jack l'entendit et Walden aussi.

Il savait qu'elle était pour lui, il crut la sentir dans son cœur. Il avait voulu passer un cap, grandir, devenir un homme. Voilà qu'il mourait en héros.

Il vacilla, les mains sur sa poitrine. Le garçon, là-haut, sur son perchoir, avait baissé les bras. Il contemplait son forfait. Mais la Remington lui échappa. Puis il s'écroula, rebondit sur la tôle et disparut derrière la voiture.

Walden courut vers son père.

Empli de joie et de fierté, il se jeta à genoux près de l'homme au visage torturé dont les mains, couvertes de cloques, formaient deux boules rouges au bout des manches fumantes de la parka.

— Papa ! Comment tu as fait ?

Jack roula sur le dos, enfin libéré des cordes rongées par le feu. Il se contorsionnait sur l'herbe fraîche mais ce n'était pas la souffrance causée par les brûlures qui lui dilatait les pupilles. Ses yeux égarés par la drogue s'étaient soudain réveillés face à l'éclat de l'incendie. Puis la morsure des flammes avait ranimé dans son esprit un peu de conscience, cette conscience primitive qui réagit au danger et commande les gestes salvateurs. Mais il n'avait sauvé personne, non.

« Papa, tu m'as sauvé ! »

— Walden ?

Walden se retourna en sursaut, sentant une ombre se coucher sur lui. Alors, dans l'éclat tremblant du feu qui dévorait la cabane, il découvrit une silhouette armée d'un vieux fusil qui avait fait la guerre du Vietnam, une silhouette qui, même sous les nuées colorées de l'incendie, demeurait terne et insignifiante.

— Bientôt trois jours que j'te cherche dans c'te foutue forêt, dit Chen.

Une bien longue phrase dans la bouche du colombophile.

— Vous avez reçu mon message ? Oh non... il est... il a été...

— Quel message ?

Chen jeta sa pétoire, s'accroupit auprès de Jack et poussa quelques grognements.

— J'ai fait comme vous m'avez dit. Pas sans mal.

Il déchira la chemise de Jack d'un geste vif avant de préciser :

— Comme j'ai pas reçu de vos nouvelles, hein ? Et elle ?

Amy s'était approchée. Debout, encore secouée de frissons de terreur, elle se griffait les joues.

— Il faut le soigner, dit-elle.

Jack ne tourna pas la tête vers l'inconnue qui venait de parler. Il regardait son fils.

— Walden, murmura-t-il.

— Oui, papa ?

Deux voix étrangères se croisèrent au-dessus d'eux.

Chen :

— C'est grâce au feu. Je t'aurais jamais retrouvé, sans ça. Cette forêt, hein.

Amy :

— On ne peut pas le laisser là.

Chen :

— Ma bagnole est à l'autre bout du monde.

Amy :

— Ma Panda est tout près. On le mettra sur la banquette arrière.

Ils s'en moquaient, ils étaient l'un face à l'autre : le père, yeux à peine entrouverts, le fils, yeux écarquillés.

— Walden, mon petit homme, écoute. La voiture...

— Elle est toute cassée, papa.

— Faut la brûler, faut la brûler.

Les paupières de Jack se fermèrent et il sembla s'évader dans un monde où ses douleurs étaient moins cuisantes. Walden ne bougea pas, incapable de décider ce que ses mains devaient faire.

— Vas-y, dépêche-toi, dit Chen.

— Ce n'est pas à cet enfant..., commença Amy.

— Va vite, souffla Jack. C'est ce monstre, tu sais, c'est ce monstre...

— J'ai fait des tas de choses, t'en reviendrais pas.

— Vite !

Brûler une voiture, brûler la Chevrolet. Walden se releva avec difficulté et s'éloigna en titubant de son père. Il alla vers la carcasse ouverte à tous les vents, nez baissé pour ne pas risquer d'affronter le corps affalé de l'autre côté du véhicule. Il

sursauta comme les restes de la cabane s'effon-
draient d'un coup, soulevant des jets de gaz qui
crachaient des flammes bleues, pareilles à des
torchères. La voiture dans cette clarté était terrible. Démantelée, émiettée mais toujours trop
solide pour ses petites mains. Que pouvait-il donc
faire de cet amas de ferraille ? Le pousser dans
les rondins qui se consumaient quinze mètres
plus loin ?

Son regard tomba sur la marée de papier qui
nappait la banquette arrière et dont une partie
s'était échappée dans l'herbe et roulait dans le
vent. Incapable de comprendre ce qu'il contemplait (des articles de journaux, des convocations
au tribunal, des notes d'honoraires, des pages
couvertes de l'écriture agitée de son père), il s'at-
tarda sur le ticket de caisse d'un 7-Eleven (un
Slurpee à la mangue et des Taquitos viande-
fromage). Tout ce qui se trouvait dans la Chevy
ou dans les poches de Jack avait été ratissé,
exploré, exploité. Il y avait un guide du Maine et
plusieurs cartes de la région (au 1 / 80 000). S'il
les avait examinées, Walden aurait découvert sur
l'une d'elles, tracés au stylo bleu, des pointillés
révélateurs et une croix minuscule : la clairière.

Mais rien de tout cela ne retenait son attention.
Il avait devant les yeux quelque chose de tellement plus saisissant : une fortune en billets de

banque, une montagne de dollars. Il y en avait partout et chaque souffle de la brise en emportait des poignées. Walden attrapa ce qu'il pouvait, il en fourra dans ses poches et revint en courant vers son père.

— Papa, j'ai trouvé un trésor !

Une pluie de billets s'abattit sur les vêtements tapissés de suie de Jack.

— Je te jure, y a plein de fric dans la voiture !

— Brûle tout !

— Je peux pas, p'pa. Oh ! Je ne sais pas combien y a !

— Cent soixante-dix mille. Brûle tout. Ce sera une autre vie, maintenant, une autre vie.

— Je pourrai jamais faire ça. Je sais pas. Je sais pas, papa. Les hommes brûlent pas les voitures, c'est pas vrai.

— Je vais rapprocher la Panda, dit Amy. Faites-le, vous, qu'on en finisse.

Elle parlait à Chen.

Sans répondre, Chen se baissa pour attraper un bout de la corde qui avait servi à attacher Jack au tabouret. Walden le regarda qui s'éloignait en se dandinant de façon ridicule, Chen marchait à la manière saccadée de Charlie Chaplin.

La cabane en feu s'était vautrée dans l'herbe et la broussaille et Walden eut un moment de saisissement. La Chevrolet lui sembla avoir bougé.

Mais c'étaient les flammes, en se répandant vers le centre de la clairière le long des rondins affalés et des éclisses dispersées qui produisaient cette impression.

— Est-ce qu'il le fait ? grogna Jack.

— Oui. Chen essaie de pousser la voiture vers le feu.

— Idiot, complètement idiot.

En effet, la Chevy refusait d'avancer, trop lourde, trop amochée.

— Je crois qu'il a trouvé un bidon dans le coffre, papa.

— Ah !

Walden poursuivit sa description, le bout des doigts crispés sur l'épaule de son père. Chen qui vidait ce qui restait d'essence dans le jerricane sur les sièges de la vieille Chevrolet.

— Il a pris un truc. Le cric, je crois.

La remarque de Jack se perdit dans un tinta-marre métallique. Chen assenait de grands coups de cric, il s'escrima jusqu'à faire tomber les plaques d'immatriculation. À l'avant puis à l'ar-rière.

— Je comprends, dit Jack. Il a raison.

Ensuite, Chen ouvrit le réservoir et y plongea la corde. Il retira la corde du réservoir et y inséra l'autre extrémité. Il alluma la mèche encore ruisselante et courut. Walden compta jusqu'à quatre avant que ne se produise l'explosion.

Tandis que la voiture s'embrasait, que sa belle couleur rouge cerise partait en lambeaux et que le feu mettait la tôle à nu, Jack se sentit enfin émerger de la léthargie prodiguée par la drogue que lui avaient injectée les Crowder. Son visage se déforma sous l'effet de la douleur qui montait de chaque région brûlée de son corps. Hébétée par son impuissance, Amy passa sur l'homme étendu à ses pieds le seul baume dont elle estimait disposer.

— Je vais aller chercher ma voiture de gonzesse, monsieur Stephenson, et vous conduire à l'hôpital. Mais avant, je veux que vous sachiez qu'un enfant ne devient pas un homme en maniant une carabine et une batte de base-ball. Vous devez une fière chandelle à votre fils, Jack Stephenson, et peut-être bien que moi aussi. Je le suis depuis hier sur mes pauvres pieds écorchés et, sans pouvoir vous préciser quoi au juste, je pense avoir appris des tas de choses en sa compagnie. Je n'ai pas encore tout compris, de ce qui s'est passé, de ce que j'ai vu, de ce que j'ai entendu, ni même de ce que j'ai ressenti. Je présume qu'il va vous falloir du temps à vous aussi, plus de temps qu'il ne vous en faudra pour guérir.

Vos brûlures sont très douloureuses, je le vois bien, mais je vois aussi qu'elles sont superficielles. Le mal qu'un père peut causer à son fils par ignorance, par sottise, par vanité, s'enfonce beaucoup plus profondément que cela sous la peau.

Les mots étaient sortis ainsi, finalement ce n'est pas un baume mais du vinaigre qu'elle avait versé sur les plaies. Elle s'en sentit désolée mais ne faiblit pas.

— Pour votre pénitence, conclut-elle, vous relirez les œuvres de Henry David Thoreau. Je crains que vous n'ayez pas tout saisi de ce que sont l'élévation de l'âme et la communion avec la nature. Thoreau était par bien des côtés un homme détestable, égoïste et sinistre, Thoreau n'était pas un saint mais, au moins, ce n'était pas un imbécile.

Elle crut en avoir terminé mais ajouta malgré tout quelques mots.

— Je n'en ai plus, moi, de fils. Si celui-là ne vous convient pas, donnez-le-moi, donnez-le-moi.

Jack fut allongé sur la banquette de la Ford Panda. En guise d'oreiller, il avait la plaque d'immatriculation avant de sa chère Chevrolet Impala *dark cherry metallic* 1995. Comme repose-pieds, il avait la plaque arrière. Amy conduisait. À ses côtés, Walden pleurait, mais il n'aurait su dire exactement pourquoi. Enfin, si, peut-être le savait-il. Il revoyait ce qu'il n'avait pas eu la force de décrire à son père. Chen soulevant le cadavre du jeune Crowder et l'installant sur le siège, derrière le volant, Chen posant le Stetson sur la tête du garçon. Dans les flammes de l'explosion, ce profil étrangement familier.

Alors qu'ils quittaient la forêt aux huit millions d'hectares et centaines de millions d'arbres, Amy dit :

— Quand je pense que je devrais être morte depuis deux jours.

Puis :

— Et après, je t'emmène manger une pizza.

Voici arrivé le douzième jour. Comme tous les matins, Cheeta explore le lopin de terre abandonné, à la recherche d'un tubercule ou de quelques feuilles comestibles. Une pomme de terre, deux ou trois carottes, un trognon de chou, un navet difforme, une salade sauvage. Là, soudain, elle bouscule son cochon, elle écarte une poule et ramasse quelque chose qu'elle n'a jamais vu pousser dans son jardin. Surprise, elle contemple longuement sa trouvaille. Puis elle part en courant vers le taudis qu'elle partage avec son père et crie :

— P'pa ! Je vas t'acheter des pneus neufs pour ton fauteuil.

Le vieux ne descend même pas de son perchoir pour comprendre ce qu'elle raconte.

Le lendemain, Cheeta fait une nouvelle prise.

Cette fois, ce n'est pas un billet de 50 mais de 100 dollars.

— Une belle jupe, p'pa ! hurle-t-elle. Et un collier d'or ! Et un aut' cochon ! Il en pousse, il en pousse !

Alors, le matin suivant, elle se précipite dès l'aube. Il pleut des cordes. Elle ne trouve rien. Elle ne trouvera plus jamais rien. L'été indien, c'est bien fini.

Ouvrage composé par
PCA - 44400 REZÉ

Cet ouvrage a été imprimé
en Espagne par

Industria Grafica Cayfosa
(Impresia Ibérica)

Dépôt légal : janvier 2015
Suite du premier tirage : juillet 2015

12, avenue d'Italie - 75627 PARIS Cedex 13